FACE-OFF

美中台

之

獸之較決

林登科 博士後／著

腰果藏著希望，卻也帶來爭奪、迫害、無數的苦難，更引發了國際間的強權角力？

謹以本書

獻給我摯愛的妻子

胡碧芳

目次

自序

年輕時的我有許多機會和不同的女孩戀愛，用餐、散步、電影，盡情徜徉在溫柔鄉裡，直到認識了我的妻子胡碧芳。

不諱言，我先是被她的外表所吸引，她真的是我看過最美麗的女孩。想當然爾，美麗的女孩自然追求者眾，連日本學成歸來的準醫師也為她傾倒。但她後來告訴我，我是追求她的男孩中最帥的，恰好我們都以外表為唯一標準來選擇對方相來往的條件，想想這應該是正常的吧？

結婚後，我們在美國定居，那時我正在俄亥俄州立大學做博士後研究，當時也有不少臺灣學生在此攻讀博士學位，多是夫妻檔，幾乎每個周末晚上大家都會約在我家聚餐，每對夫妻提供一盤菜。而

將我們臺灣學生凝聚力拉到最高的背後功臣是胡碧芳，她炒得一手好菜，尤其是傳統的台南炒米粉，總是讓大家期待，用餐後大家繼續聊著說著，偶爾唱起那時流行的臺灣歌曲，好比〈海海人生〉和〈不如甭熟悉〉，於是每個周末夜，都飄散著有點暖意的鄉愁。

　　胡碧芳和我育一子一女，她的美麗延續到四十歲還是風韻猶存，但在美國卻時常遭到白人鄰居的戲弄，加上後來小孩漸大，我和妻子便決定帶他們回來臺灣念小學，讓他們長大後中英文都講得很流利。男孩後來學電機電腦加上商業管理，畢業後進入世界五大精密電子公司之一的飛利浦作研究工作，因對個人所服務研究工作不太感興趣，轉入需要外向性格的廣播事業，二度入圍政府主辦的金鐘最佳音樂廣播主持人獎，他寧願被解雇也要和美國白人

的上司爭取在節目中英語交叉使用；女兒則是念會計，畢業後進入金石（Kingstone）電子公司服務，該公司的年終獎金之多曾名列美國公司之冠，名噪一時。有子女成就如此，我們也甚感欣慰。

多年之後，胡碧芳已不在人間，但她永遠是我心中那個美麗的女子，這本小說，便謹以紀念她。

本書的完成，有賴三位先生的幫助，第一位是許大江先生的詞句潤飾；第二位是畢業於美國加州大學柏克萊分校的化學博士吳靖雄先生，為本書修改和校正文句；最後一位是本書編輯孫中文先生的文字潤飾與編排。願向三位致上最高的道謝。

另，本書所提到的航空母艦，其漆料其實是我的苦心發明，這些化學領域的發明專利是針對船隻與軍艦船底抗海水高腐蝕性油漆原料的突破，基於油與水不相容原理，使油漆極度油性化，排斥海水

不能接觸到油漆。海水破壞性減至最低，延長油漆
使用壽命，這是科技大突破。不久的未來，無論美
國、中國或台灣的航空母鑑船底的油漆原料都是要
使用這些專利所發明的原料所製造出來的極端抗海
水腐蝕的油漆，且讓我，也讓天上的妻子引以為傲
吧。

四篇專利列出如下：

- 台灣專利 2 篇
  - (1) a. I 561,503 號 (12/11/2016)
  - (2) b. I 485,125 號 (5/21/2015)
- 美國專利 1 篇
  - (3) US 10,287,390(5/14/2019)
- 中國專利 1 篇
  - (4) 1,589,033(2/18/2015)

林 登科　謹識

第 一 章

食腐野性

———

野生螃蟹

十月南台灣，氣候舒爽宜人，王志強站在高雄市的前鎮漁港口，眺望自遠方回航的大小漁船，海波不斷晃動、蕩漾，與灰暗色天際的一大片烏雲相連，雲層的縫隙透出幾道橙色的光芒，倏地，黃澄的日輪便穿破雲層，躍然於海面。

霧氣消失了，陽光照耀的海面金黃色反射使漁港清醒過來，一切風景終於明媚起來了，也清晰地看到漁船穿梭於碼頭，微風吹拂著王志強帥氣英俊的臉龐。此刻是週六的清晨六時，每月最後一個週末，他和兩、三位好友都會輪流開車到這裡，捕捉美味的野生海鮮佳餚，好好饗宴犒賞自己一餐，諸如紅蟳、處女蟳、三點蟳、活潑亂跳的龍蝦、小蝦和美味的野生小魚，都是他們所愛。

　　王志強是台北一〇一大樓一間商店店主，但營運他均交由弟弟全權經營。他大部份時間住在台南，潛心他的繪畫工作。他是台南應用大學藝術系教授，從小喜愛繪畫並立志將來成為一位成功的畫家。

　　他在這些早晨景色前有所感而發，對著站在身旁的好友名廚師蘇安定說：「自從名畫家畢卡索創作了立體印象畫以來已經過了快二個半世紀還沒有著名的新畫派產生，我一直想創造一種新畫風，把我早晨所見的景色以不同的顏色畫出來。」

　　蘇安定回答：「如果人人各都有志，世界就會更進步了！」

　　蘇安定在台南開了一家有名的「海龍王海鮮餐廳」，他認識一位同行好友林出頭，大家常稱他為林大頭，因為他的頭很大。在漁市場內林大

———

頭也擁有一間小的海鮮店，待兩人一起取到新鮮海鮮後，就會帶去林大頭的店，料理好海鮮早餐讓大家飽食一頓，而剩餘的活海鮮就帶回海龍王海鮮餐廳。海龍王餐廳的原料是大盤商送來的，不是老闆蘇安定親自去漁港購買，要天天送來，才叫活海鮮。

海鮮滋味說起來令人垂涎三尺，但其實漁船還沒有入港卸貨，王志強仍站在岸邊尋找林大頭朋友阿雄的大漁船，希望它趕快進港，船長會留最好的螃蟹出售給蘇安定，付費是三人平均分攤。

王志強回憶起上個月一個傍晚夕陽還掛在西邊天空時，海洋彩虹的雲霞特別美麗，他隨著林大頭朋友阿雄的漁船出海體驗捕撈螃蟹的樂趣。起航時船上載了十組捕撈工具，一組有三十個捕撈不鏽鋼鐵籠。捕抓螃蟹的鋼鐵籠子外表是圓桶

形狀，由鋼鐵絲交叉編織而成，洞口足夠大到小螃蟹可以從洞裡溜出鐵籠外逃生，但是小到大螃蟹不能逃跑，只有乖乖坐在籠子裡被捕。

在離海岸邊不遠處，船上工作員把新鮮的鯖魚切成片斷分別置入空籠裡做捕捉螃蟹的誘餌，丟到海洋靠岸淺水處，鐵籠的重量使它們很快就沈落到淺海的海底，那正是螃蟹橫行處。空籠是一個一個連串起來，方便回收有抓到螃蟹的籠子。船員人數不多，放三百個空籠的時間約一小時，都是用丟的，每次只丟下一個空籠，好讓它們分散開而不會糾纏在一起。丟出所有捕抓螃蟹的籠子後，漁船就加速起航往海洋更深處揚長而去捕撈大魚群。王志強那趟跟著漁船一起出海，是想要瞭解漁人捕抓野生螃蟹的過程。

螃蟹雖有著螯剪，但其實它們是劣勢動物，

———

因為移動速度的緣故，往往捕食不過別種跑得快的生物，比如章魚，因此螃蟹時常吃海底浮游動物死屍的碎片，吃到新鮮食物的機會不高，所以一但有食物都會飢腸轆轆、狼吞虎嚥、飢不擇食。

記得那天晚間的海風比岸邊的涼意濃，風飛舞得更強猛，王志強覺得有點暈船，怕跌倒，所以緩步慢行進入有遮蔽的船艙內休息。不知不覺睡著了。過了好久一陣子，船的行駛速度緩慢下來，王志強也差不多睡夠了，夢到一隻紅蟳，巨大得有如母水牛，竟然和它生死搏鬥起來，它的巨螯夾到他的手臂，痛苦不堪時，醒過來。

「哇！」王志強大叫一聲，說：「把它冷凍起來，這隻巨大紅蟳，可以供我吃一年還有剩餘。」

「不捉大魚了！」王志強睡眼惺忪地揉一揉眼睛，「大魚在那兒？」

「早就放進冰庫裡了！」船員回答。

王志強只對捕螃蟹有興趣，沒看到捕抓大魚過程，他覺得也沒什麼大不了。

漁船在離岸不遠的內海，撈起海面下的捕螃蟹籠，開始撈起一個接一個的籠子。籠子裡都有十來隻大小不同的螃蟹，工作員工把籠子內的螃蟹倒出來，再把小的螃蟹丟回去海中，等長大了再把它們捕捉回來。這樣的作法使將來還可以抓螃蟹，不致於現在就一網打盡，有著永續經營的精神，如果不這樣做，漁會也會派人來關心和糾正。

所有員工都忙著用青色的塑膠帶把剛抓到的螃蟹螯捆綁起來，也將其他的腳，順勢捆綁起來，使它全身動彈不得，也不致咬傷人了。

然後分大中小三個等級，分別放進不同顏色的塑膠桶。林大頭的朋友，也就是船長，特地挑

———

選十幾隻處女蟳放進一個塑膠桶，是要賣給蘇安定的一夥友人。

王志強的回憶，讓他一直沉默不語，這使得站在身旁的蘇安定開始心裡不安起來，於是輕輕推了王志強一把，說：「你怎麼不說話？」

這時，王志強才從回憶中回神過來。立刻往前眺望，說：「船回來了！」

這時蘇安定也附和：「真的回來了！」

漁船進港後，很多螃蟹大盤商也是在岸邊等著它，要做批發買賣。船長要求船員把魚貨和螃蟹從船上吊下來放在岸邊地上。然後由地勤人員將它們排列整齊。整隻大魚的尾巴被吊起來，頭向下放在地面，馬上有人來秤重量，開始拍賣的叫聲此起彼落。

蘇安定不需要等待，很快從船長手中接下一桶

上等的活跳跳的處女蟳。處女蟳 即未交配過之母青蟳，稱為「處女蟳」；已交配過，經過約一個月，卵成熟呈橘黃色的稱為「紅蟳」；公的價值較低，稱為「菜蟳」。但多次交配過的公蟹稱為「沙公」，其中以處女蟳的卵成熟時，最美味，價值也最高。

付了費後，兩人馬上轉往林大頭的碼頭海鮮廚房。王志強跟隨在蘇安定後面進入那個小店，店面雖然小，廚房設備卻齊全簡潔，今日早餐卻全是最新鮮的活處女蟳，三人皆興奮不已。

大家都要求吃原味的，林大頭就很簡單地用水蒸煮了六隻，每隻從中切成二半，整齊地擺放在大盤上，王志強立刻用他的手指夾了一塊放在自己的盤子內，再用雙手的手指用力打開蟹殼。

好香好甜的美味就擺在他的眼前，他們三人正在享受美味佳餚、大快朵頤時，不知大禍臨頭。

———

　　他們食用的野生螃蟹，導致要結束他們生命的大惡魔降臨。

野生龍蝦

　　台灣北海岸一直是喜愛觀賞海岸風景者趨之若鶩的景點，這些景點從石門水庫經基隆的八斗子漁港、富基漁港到東北角小漁港的地方。在好天氣的時候，從任何景點往外海眺望，所看到的都是一片碧綠的汪洋大海。

　　王志強、蘇安定、林大頭三人按照以前的經驗，深知野生大龍蝦的巢穴是一處位於礁岩海岸的凹進內陸的海灣處，而且有海溝經過，長有浮游植物供應大龍蝦的食物。他們較喜歡吃新鮮小魚肉，但也經常吃小魚死屍腐肉。這是只有他們

三個人知道的地方，需要開遊艇過去。

　　那天是在傍晚，斜陽西照，已快要西落時分，他們想要潛水到不太深的海底捕抓大龍蝦。林大頭駕駛遊艇，留在遊艇上。

　　由王志強和蘇安定穿上潛水衣並攜帶潛水工具，包括戴上潛水手套以防被大龍蝦的殼刺傷到手指，腳底穿著蛙鞋幫助游泳，也戴潛水鏡以看清楚大龍蝦的蹤影，背上背著小小氧氣桶供呼吸用，應有盡有。

　　王志強朝向蘇安定看，點點頭問蘇安定，是不是準備好了？蘇安定也點頭回應。於是兩人一起躍入水中，往下游去，呼出空氣時，大小氣泡冒出頭頂，往水面急奔而去。

　　這裡海水清澈見底，即便光線已減弱，但還很容易在水下的海溝邊發現大龍蝦的蹤跡，順手

———

就捕抓到兩隻，左手與右手各抓住一隻大龍蝦。急忙地用蛙鞋前後擺動遊上海面，交給遊艇上的林大頭，然後急速又潛入海底。

雖然是大龍蝦的巢穴，但是，一旦發現有人來，都會立刻躲進礁岩底下的洞穴裡。蘇安定和王志強的右手都拿著竹竿，然後輕輕地插進去一個洞穴，如果洞穴裡沒有大龍蝦，就不會有任何動靜。如果洞穴裡藏有大龍蝦，它就會慌張地跑出來，他們伸手一抓就抓到了。

但也不是所有洞穴裡都藏有大龍蝦，只能說約莫十來洞有一隻就夠幸運的了。如果太小就要放生。因此，捕抓大龍蝦是一份極需耐心的工作。

今天下午天色漸黑，大龍蝦的影子漸漸模糊了，於是大家上遊艇整理一下，由林大頭開遊艇回去！林大頭一邊駕駛遊艇一邊回過頭望蘇安定

說：「抓了十八隻，都是特大號的。」他繼續說：「今晚我們就去阿雄在基隆的老家，好好吃一頓龍蝦大餐。」

之前在高雄前鎮漁港，出海捕抓螃蟹船的船東是阿雄，是林大頭兒時的玩伴，今天開的遊艇也是阿雄免費借給他的，連柴油都加滿滿的。對待好朋友，阿雄豪爽是出了名的。雖然他是基層漁民漁工起家，但一路打拼，事業越做越大，身價如今已是幾億新台幣了。跟好朋友出去玩，都是開 700 號的大型黑色賓士車載朋友，但是他對自己其實節儉，都是開平價的日本車款。林大頭開始盤算，怎麼料理今晚的龍蝦大餐。阿雄夫妻今天都在基隆老家，加上他們三人總共五位食客，一起分食大龍蝦，一位可食三大隻。

王志強晚餐在基隆享受了龍蝦大餐後，半夜

———

和蘇安定輪流駕車回台南市。想到沒有帶妻子一起吃大餐，心感虧欠，所以便一早去台南傳統市場買了一隻大龍蝦、一隻母青蟳和二斤貝殼類回家煮晚餐和妻子楊怡君一起享用。他交代過老闆，只買野生的，因為老婆素來勞累、十分辛苦，正需要充分補充營養。王志強夫婦都認為野生的才夠新鮮。

他擁有台北一〇一大樓的一家商店，也是國立台南應用科技大學藝術學院藝術學系教授，教繪畫，也兼任台灣繪畫理事會理事長。楊怡君則是同校的生活科技學院服飾設計管理系教授。

王志強夫婦是早婚的，才二十歲出頭，大學畢業後先後留學美國。所以他們在很年輕時就生下女兒王春曉，長大後自己創業開立「春曉婚紗設計公司」。

　　楊怡君現在正忙著和是她學生、也是她女兒春曉，籌備明年在台南藝術館舉辦「台灣第一屆新娘婚紗禮服展示會」

　　不僅王志強愛食用野生海鮮，他的妻子楊怡君也是如此，他們連野生蛤蜊、貝類，也是食不厭倦。蛤蜊類、貝類的種類繁雜，有幾千種，其中有少數也是極度危險，不可多食的。

　　王志強夫婦喜食野生海鮮、河鮮，不知不覺間，他們已被癌症病魔，偷偷跟上了。

　　民間盛傳有一種貝殼類生物會在同類間互相傳染血癌。是不是很恐怖啊？在人類沒聽過癌病會傳染吧！不然，男女接吻就可能傳染到肺癌、口腔癌，同床夫妻時常接觸就傳染到肝臟癌。這些在網路傳言的，不可信。很多奇異的科學故事在網路上謠傳，分辨真偽很簡單，沒有論文般的

———

引經據典，沒附註消息來源、或來源不明、不夠
專業的、都可能是偽消息。

———

細胞之死

　　所有生物體內都需要化學反應才能成長，體內的化學反應需要化學觸媒才能進行，化學觸媒簡稱為「酶」，它的化學結構很複雜，是營養學家時常要求我們多食用的蛋白質之類的分解物。有那麼簡單嗎？ 其實，還有更神祕的，它進入體內就化身成為很多種類的小型精靈或稱小靈魂「酶」，藏在體內各部位，伺機而動。有些小靈魂是由成熟的 DNA 經過繁雜的程式演化出來的，什麼是繁雜的程式？即是 DNA 一小部份複製為 RNA 再額外做化學反應。

　　細胞內躲藏著不同種類的小型靈魂「酶」，它能催使 DNA、RNA 發生化學反應集合起來就形成各種生物不同階層的中型靈魂細胞。集合所有

不同功能的中型靈魂細胞就昇華變成人類的大型靈魂。不相信！反信神？聽我娓娓道來。

　　人死了，大靈魂也不在了，中型靈魂細胞隨著也壞死，所有小型靈魂「酶」也煙消雲散，所以人死了，所有大大小小靈魂也都死亡了，不會有鬼魂出現的。又是不相信，好吧！先來討論細胞之死。

　　現在大家聽到細胞是有靈魂喔！這還是第一次聽到的吧！是的，是由多位諾貝爾獎得主在不同領域研究細胞的結果，終於被發現，原來人之大靈魂分散成中靈魂暗藏在細胞內，這個祕密將在此一一被揭露。不過，先賣個關子來瞭解細胞後，才來研究為何細胞是生物靈魂所在。細胞如何誕生是一種複雜的過程，我們還是先討論細胞之死，比較容易瞭解，而且感動人。細胞歲數大

———

了也會死亡的。

　　細胞死亡分兩種程式來說明，細胞不會自私，當他受重傷或年老了生病快死了，可能危害全體細胞安全時，不論他在頭頂上或腳底下，有一群神祕的小靈魂從身體上億細胞中去尋找生病的那顆細胞，瞬間找到他的位置，立刻下達大靈魂的命令要求他自殘身亡，為全體細胞捐軀。他絕對服從而不會違抗命令，只能啟動自殺程式。這種過程稱為「細胞凋亡（**Apoptosis**）」。通常只有單獨一個細胞死亡。

　　細胞之死的第二種程式是細胞的主人，不管是人類、動物、植物或細菌的自然老死、受傷死亡、年輕病死或被殺死亡都會朝向屍體腐爛的過程進行，全體細胞都會死亡的，這種程式是群體性的死亡，稱為「細胞壞死（**Necrosis**）」。

　　現在，先討論第一種的細胞凋亡，後再說第二種的細胞壞死。前面講過小靈魂會在第一種細胞凋亡之前，出現在現場來命令細胞自殺，也就是要她停止細胞分裂。有生命的年輕細胞必需一直分裂，一個分裂成兩個，兩個分裂成四個，繼續分裂下去補充已死了的細胞，活細胞才會分裂。病的細胞分裂出來的也是病細胞，會傳染危害健康的細胞，所以大靈魂為了全體細胞的安全，才命令小靈魂去執行細胞凋亡的使命。

　　一個細胞裡只有一個細胞核，很像一個桃子裡只有一粒桃子核。當細胞要分裂成二個細胞時，細胞核也需先分裂成二個，等細胞分裂時，每一個細胞各分配到一個細胞核。

　　細胞核裡面也含有染色體，染色體就是 DNA 和蛋白質組成的。那 DNA 又是什麼？ DNA 如上

所說，是複雜的生物基本體，是由兩條鏈互相以
螺旋般地旋轉纏繞在一起後，由兩股鏈變成一條
雙股的鏈條。DNA 就是組成染色體的主要成分，
染色體的另外一個主成份就是蛋白質。

　　細胞分裂之前，細胞核搶先分裂了，染色體
更早就分裂了，那麼，染色體的主成分 DNA 是不
是也要更早分裂？當然需要更早先分裂！不然染
色體怎麼分裂？

　　帶著化學剪刀要切斷 DNA 的小靈魂「酶」，
稱為「切斷酶 」就是「細胞凋亡」的執行者。
稱呼這些生物觸媒為小靈魂，真的不為過。他們
是主人體內成千上萬的蛋白分子形成的生物體，
整體加起來就是人類大靈魂的一小部份，都帶著
利刃化學剪刀在體內到處巡邏，隨時等待頭目命
令，執行剪斷單一股髮夾形的 RNA 或螺旋形的

DNA。

　人類會有靈性，不是什麼虛構神明所賜，而是這些小靈魂群再加上更多中型靈魂細胞而成的。到這裡才只談到切斷 DNA 的小靈魂，還有很多別種任務的小靈魂會呈現在後面，以後會隨機出現，是不是很有趣的創新假設，都要感謝多位諾貝爾生醫獎得主的智慧結晶，提供了這假設的基石。

　總而言之，被剪斷分成好幾段的 DNA 死了，細胞也活不成，但是，要知道細胞雖凋亡了，但 DNA 原本是由幾十億所謂「核甘酸」組成的，雖然被分段了，每段最小也有約莫 200 核甘酸，還可以重組復活起來的。

　我們來做一個總結，這就是「細胞之死」的第一種程式「細胞凋亡」。

　人類嬰兒胚胎時期是有尾巴，也有手指或腳趾

———

的蹼，這些不是動物的特徵嗎？在嬰兒出生前都消失不見了，這些器官不見了，是那位可敬的「靈魂總司令」命令靈魂小弟小妹們，用「細胞凋亡」的方法把那些多餘的尾巴、手指、腳趾的蹼細胞，從嬰兒身上剪斷清除掉才出生。這樣的證據，還要強辨，人不是從動物進化出來的，而是上帝用泥巴捏造出來，如果是真的，人真沒尊嚴！

　　DNA 從長鏈條變成了斷掉的無數小鏈條之後，它們都到那裡去了？ 如佛教的比喻，因主人還活著，就會安排他們都去投胎參與製造合成再生 DNA。

　　在水裡的野生小動物死亡了，屍體就腐爛，不用說，細胞也會細胞壞死，但 DNA 卻不會在短期內腐爛，但也先會斷成小鏈條，但主人已喪命了，無法安排去投胎，短鏈子就一直再切斷成更短的

小鏈條，即使如此，也是無法投胎，日子拖長了，那位帶著刀子的靈魂「酶」，因主人已不在了，食物開始短缺也命喪黃泉。從此 DNA 小鏈條主人不在了，沒營養供給也沒力氣結合成小鏈條子，就開始各自分解，直到單獨一個鏈扣子。這個最小的鏈扣子單位就叫做「核甘酸」。這種細胞之死也就是如前面提過的「細胞壞死」，是細胞之死的第二種程式。

　　分子生物學是極為繁雜的學問，野生動物死了，屍體腐爛，它的 DNA 分解到最小單位「核甘酸」，王志強和楊怡君夫婦都對野生的紅蟳和大龍蝦美食很饞嘴，而這些行動慢吞吞的劣勢小動物，無法與動作敏捷的水底生物，競爭搶食活生生的小魚，飢餓時，常以腐爛的屍塊為食。

　　腐肉的細胞已死，它的 DNA 已解體到最小單

———

位的核甘酸。這些屍體裡的細胞死了，不是主人
還活著的第一類「細胞凋亡」而是主人已亡故多
時的第二類「細胞壞死」。野生螃蟹或龍蝦飢腸
轆轆，只好飢不擇食，狼吞虎嚥，將 DNA 已解體
到最小單位核甘酸的腐肉吃進體內。王志強和楊
怡君再將活潑亂跳的野生螃蟹和龍蝦煮熟後食用，
那些 DNA 最小單位核甘酸大量進入他們的體內。
他們體內正在進行中的合成 DNA 不慎吸收一群單
位分子核甘酸，並以不正確的順序位置連接在合
成中的 DNA，繼而產生危害身體的癌細胞，這些
癌細胞就有機會在體內發展起來。所以經常食用
野生海產，羅患癌症機率較高。

細胞王

胚胎幹細胞的研究是一門道德爭論不休的學問，愈講愈糊塗，所以專家使用專有名詞來解釋，就充份瞭解這門科學。這裡不需要專有名詞，如 SSEA-3、SSEA-4，等等，細胞或基因都有英文字母命名的，只要專心讀下去就會明瞭。何種名稱都沒有這個名稱來得好，我們且稱它作「細胞王」。

從胚胎分離幹細胞出來，實行起來卻很容易失敗。缺少的是充份的實驗，因為道德的爭論抑制了實驗。

二十一世紀的法律認為受精卵已具備有生命，它後來成長為初期胚胎，從中取出胚胎幹細胞，不就殺死生命了嗎？為了使用胚胎幹細胞去救

———

一個生命而犧生另外一個生命是不道德的，所以
五十年前在這方面的研究都要偷偷摸摸的進行。
好似摘下一人的器官去救另一人的生命一樣不道
德的。胚胎和胎盤裡含有豐富的胚胎幹細胞，臍
帶裡也含有胚胎幹細胞，它是不曾分裂過的處女
細胞，除非需要，它是不會分裂的細胞。它的功
能是可以分裂變成身體內不相同的細胞，除了心
和神經細胞。人類體內有很多種的細胞，如血液
細胞、骨髓細胞、肌肉細胞、腦細胞等等兩百多
種類。

　　心肌是心臟肌肉的簡稱，由心臟細胞組合成
的。心肌梗塞是因血管阻塞致使部份心臟肌肉的
細胞凋亡，導致心臟功能減弱。這是非常緊急的
疾病，必需立即治療，否則病人不久就會死亡。

　　從西元 **2000** 到 **2050** 年之間的五十年，化學

家，分子生物學家和醫生接力賽跑似的做實驗研
究成人幹細胞轉換成胚胎幹細胞的方法。終於在
2050 年研究獲得成功，本來成人的幹細胞沒有能
力分裂成各種類的細胞，僅分裂成自身同類型的
細胞，只有胚胎幹細胞才有此種分裂成別類細胞
的能力。可搖身變為人類身體各種細胞類型中的
任何一種。這是前面已說明過了。科學家的努力
下，幹細胞終於也可以分裂為心肌細胞和神經細
胞。

　　這些偉大的科學家都獲得諾貝爾生醫或化學
獎，為人類做了偉大的貢獻。此突破導致老年疾
病的克服，如巴金森疾病、老年癡呆症、糖尿病、
失智症、中風，甚至癌症。

　　總而言之，嬰兒的胚胎幹細胞可以在人出生後
由體內脊骨髓保留到成年不會壞死，或體外人工

———

冷凍保留二十年左右。為何胚胎要保留？因胚胎
的幹細胞如前所述，可以轉變為體內任何種的細
胞，因此可以取代病細胞如癌細胞或受傷的細胞。
把癌細胞殺死，胚胎幹細胞變成新的細胞取代癌
細胞，您說，人是不是比神明更神奇呢！神辦不
到的，人卻辦到了。

　　請尊敬您自己的細胞，祂們才是您的真神，放
棄崇拜他人虛構的神，真神就在您自己的細胞內
的靈魂。祂們保護您長壽，終身減少癌病的機會，
有天您走了，祂們也跟著您走了。

第三章
希望之果

———

垂老的腰果

　　坦尚尼亞（**Tanzania**）被聯合國列為世界最落後國家之一，它位於非洲大陸東海岸中間地理位置，東瀕整年溫暖的印度洋，沿岸及全國都是熱帶氣候。這國家不僅國人對它陌生，全世界的人也都對它人地生疏。該國政府官員辦事落伍，導致人民懶散，說一句重話：「今朝有酒今朝醉！」，因為他們的祖先沒有像孔子那種教子孫要勤勞奮發圖強的想法。該國氣候終年溫暖盛產農作物，雖落後還不致於很貧窮。該國出產腰果排名世界十大之內，幾乎全部輸出外銷。

　　姆特瓦拉（**Mtwara**）是位在東南邊緣角落的海邊一小村莊。農民種植腰果樹有萬棵以上，帶硬殼的生腰果連接在很像蓮霧的假果底下，成熟

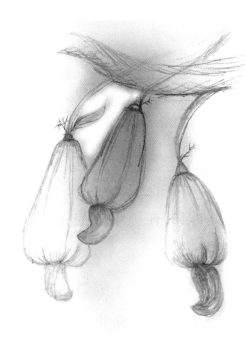

圖 3-1.
樹上成熟的腰果，蓮霧狀果實是假果，假果底下才是腰果，腰果裡藏有腰果仁。

時收割生腰果再加工至可食用需經過繁雜的程序。幾十年以來，盛產腰果的國家如印度、越南、巴西、柬埔寨等國與之競爭強烈，使姆特瓦拉的農民幾乎已近無利可圖。

　　這裡的農民本來就懶散，加上無能的政府對農民不加輔導協助，讓萬棵腰果樹荒蕪，自生自滅。五十年以上了，這裡的腰果樹從一萬棵以上乾枯凋零到只剩一千棵左右，十分淒慘。

———

在這一大片數百公頃的腰果園地鬱鬱蒼蒼、株株亭立、老叢扶疏、枝葉稀疏地吊著已近成熟的串串腰果，有些已枯乾的在風中搖曳，卻不見農民來採收。

有一位來自印度的中年男子，嘴唇上方留著帥氣的八字鬍，宛如美國電影《亂世佳人》男主角克拉克・蓋博，開著吉普車，身旁跟著當地的隨從人員，很罕見地帶著工具。今日來到此地荒涼的農場，循著樹邊道他指揮這隨從，在一排樹齡超過百年的腰果樹上摘下很多已乾枯的腰果，將形似腰子狀的硬殼腰果摘下，放進布袋裡，不久他收集滿袋的帶殼腰果後離開農場。這些收集的硬殼生腰果都是摘自百年以上的老腰果樹。這位印度中年男子，是王志強在美國留學時的同學素卡拉醫生。王志強畢業後回台灣改行教繪畫，

這位同學是一位學醫的，他後來回去印度，也改行研究印度草藥。王志強一直和素卡拉保持連繫，並告訴素卡拉他得了肺癌。

素卡拉回去印度後刻苦鑽研醫治癌病秘方，經過多次的萃取提煉、實驗之後，他發現老樹摘下的帶殼腰果，它的殼油，可以用來治療癌病。腰果硬殼要剖開才能取出腰果仁的，殼很硬而且是雙層的，所以是一項艱苦的工作，剖開硬殼是要使用機器來做，但這種機器的價格對坦尚尼亞農民是負擔不起的。那麼農民只好徒手，帶著手套來剖開硬殼，生性懶惰的人頂多上班二日而第三天領走薪水後就逃之夭夭。由於缺工或怠工，政府既腐敗又無能，這整個腰果仁事業就此荒廢了！

這一荒廢就是一百年的光陰，一萬棵腰果樹讓它自生自滅一百年，大部份凋零已死，只剩約

———

一千多株，在天然環境中成長到兩倍高度，就是約十公尺了。其他有收成的地方，腰果樹頂多長到五公尺高。

素卡拉教授專程千里迢迢遠從印度到坦尚尼亞採取百年以上樹齡所生的腰果殼，因為只有超齡老樹的殼內的油對癌病治療才有效力。印度是世界最大生產腰果樹的國家，為何要去遙遠的非洲？原來印度沒有老樹，頂多二十歲樹齡就凋落死亡。印度農民勤收成，果樹壽命不長。

腰果殼的油還需精煉和化學反應，才會有藥效。素卡拉教授立即將這粗品的原料用航運寄往印度他的腰果精油提煉實驗室，他也快速回印度去進行首度精密的提煉作業。

新藥誕生

回印度後，素卡拉教授第一件重要事要立刻辦的就是進入他的私人實驗室開啟精餾實驗設備，把從非洲寄回來的殼內的油抽出來，再加以精製到 **99.%** 的純度。

腰果殼內油的平面化學結構式長線裡包含 **15** 個連接碳，這是假的構造，不過簡單易懂。真正的構造是立體結構式，那條長線不會直直地在那裡不動，它是包圍本體隨時搖擺晃動著，好似立體結構式所示。這類

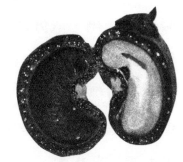

圖 3-2 上圖清楚看到腰果的殼內外二層，夾在內外層是軟泡泡狀物，內含濃稠的油。素卡拉教授由軟泡泡狀物內把油擠壓出來並收集起來。大量生產的商業規模是使用鍋爐加熱把油熔化出來的。

———

化學藥還未達到有藥效的化學結構，要和苯甲醛
（Benzaldehyde）反應形成的化學結構，如圖 3-5，
（C 劑） 才產生真正可治療癌病的藥。人們公認
苯和甲醛各別都是有劇毒的化學品，可是它們連
接起來如圖 3-5 所示的苯甲醛（B 劑），卻是無毒
的化學物。

　　腰果殼內的油（A 劑）加上苯甲醛（B 劑）
形成的有藥效的反應物（簡稱 C 劑），但若病人
服用此 C 劑，依舊會讓人一命歸去，因 C 劑的化
學結構左邊有 HO- 官能基，它是有微腐蝕性，藥
理上是有傷胃腸的副作用，必需把它除去或改為
CH3O- 官能基，才是無副作用的治癌藥，稱為「滅
癌 1 號」或 D 劑。

　　這種化學產物是科幻產品，沒有經過臨床驗
證，不得食用。倒是科學家可以實驗證明的，如

果實驗成功證明可以預防和醫治癌症，科學家就會搖身躍升舉世聞名的救星。

　　但上面這個反應不是那麼容易反應的，A 劑的那條長線快速地搖來晃去，不會讓苯甲醛（B 劑）靠近，反應不起來。如果將它的直線砍斷一半就會讓苯甲醛（B 劑）接近而起反應了，人工是否辦得到？沒辦法，這是為什麼要等百年的腰果老樹，它的直線就天然的斷成約一半長度，這就是癌症的救命解藥！

　　素卡拉必須先在實驗室製造出夠量的藥劑，腰果殼內的油（A 劑）與 苯甲醛（B 劑）的合成反應必需在低溫攝氏 5℃ 下反應才行，如果高出 10℃，整個反應就無法控制而聚合，結果產物固化，產生高溫而在反應爐內爆炸溢出。

　　這情況果然發生了，素卡拉急忙呼喚急救車

———

送實驗助手華倫至醫院，這位助手華倫是實驗室的新手，對溫度自動控制，這麼簡單的程式搞錯了才發生這樣結局。

回到善後處理的實驗室，另一位助手柯化哲怯生生地問：「怎麼辦？」

素卡拉堅強不屈地說：「治療癌病是一種和時間競賽的大工程，我的同學王志強夫婦在台灣正和病魔做生死搏鬥，我們必須分秒必爭地完成有療效的處方，及時救他們的生命。」

助手柯化哲：「所有西方醫藥都必需具備藥理的說明，美國 FDA 是嚴格審查的機構。您能簡單解釋腰果殼內的油（A 劑）和苯甲醛（B 劑）的化學反應形成物，再去掉 OH- 官能基的成品 D 劑就可以治療癌病的藥理嗎？」

圖 3-3. 腰果殼內油的平面化學結構式

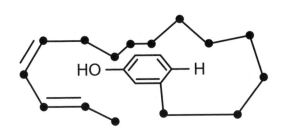

圖 3-4. 腰果殼內油的立體結構式

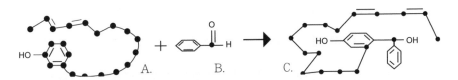

圖 3-5. 腰果殼內的油（A 劑）與 苯甲醛（B 劑）的合成反應

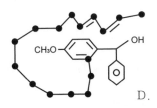

圖 3-6. 滅癌 1 號治療癌 D 劑

———

　　於是素卡拉娓娓道出下列的藥理：

　　D 劑有捲曲的尾巴好似掃把在掃蕩秋葉，搖擺不定地掃去靠近的化學物體，以保護 D 劑中心苯甲醛（B 劑），不被較大體積的核甘酸聚合體所侵襲。大體積化學體不易接近侵襲位在 D 劑中心的苯甲醛起化學反應，因體積大，靠近時，那把尾巴呼之即來，靠近的化學物體越大越容易揮之即去，小體積化學體才能滲透靠近 D 劑中心和苯甲醛起化學反應。記得關於細胞生死鏈包含細胞凋亡、細胞壞死？現在可以首尾連接了。屍體腐爛，細胞壞死到細胞裡的 DNA 徹底分解到最小單位核甘酸單體。因體積小，D 劑尾巴掃不到，可以滲透進入苯甲醛鄰近起反應形成氫鍵與 D 劑連接一起和體液代謝排出體外。

　　合成人類 DNA 的材料來源有新鮮天然食物如

動物的肉蛋白質中 RNA、DNA 分解的大片段、植物蔬菜的次序排列正確的鹼基片段。還有野生動物蝦、蟹、小魚等等，這些小動物在他們的生活空間經常倉皇覓食，經常飢不擇食、喜吃細碎的腐屍度日，屍體內 DNA 已腐爛到柔腸寸斷，分解為單體鹼基。這些腐敗鹼基進入人體被成長中的 DNA 不按牌理出牌，吸收組成錯誤排列的鹼基 DNA。這就會產生突變 DNA，然後導致突變細胞，也就是癌病細胞的誕生。

所以食用全部細胞壞死的腐爛野生小動物就會引起癌細胞在體內發展。食用只含少數細胞凋亡的新鮮食物就不會了。

救命

　　素卡拉終於從印度帶著救命解藥 D 劑來台灣
找王志強和他的妻子楊怡君，兩人就按照素卡拉
指示服藥，他還講解到非洲坦尚尼亞採取百年的
老叢腰果樹的腰果殼的油，回印度實驗室精製的
過程。王志強夫婦聽完畢素卡拉教授敘述後表示
由衷感激，敬佩不已。楊怡君便問：「藥劑可以
服用多久。」

　　素卡拉：「約可以服用半年。治療期間你們
要定期回醫院做核磁共振圖像檢查。」

　　素卡拉待在台灣約四星期，陪他們去醫院檢
查後，醫生評定癌細胞雖然沒有消失但是已停止
成長。

　　素卡拉：「癌細胞已停止長大，表示療效可

能有效喔！」

　　隔天素卡拉整裝及行李箱起程回印度製造更
多的藥劑。第二月再回醫院時，醫生又告知這對
夫婦同樣結果。不過等到第三月再回診時，便是
好消息了，楊怡君肝癌細胞還是一樣沒進展，但
是王志強的肺癌細胞縮小了，這消息很快就傳到
印度素卡拉的簡訊，他回信要趕緊製造更多的高
純度的 D 劑。

　　第四月回診時，王志強的癌細胞幾乎消失不
見了，可是楊怡君的肝癌細胞還是頑強抵抗。第
五月回診時，D 劑的療效已可確定，王志強已控
制病情了，而該藥劑對楊怡君無效。

　　即使 D 劑沒有達 100% 的療效，也大約有一
半的癌病患者是有效的。因為只有兩人的樣本做
統計，會患錯誤結論的危險性很高。不過，這消

———

息傳到王志強的好友阿雄耳裡，他驚喜不已。

這一天，阿雄想和王志強商量一個計劃，所以來拜訪他們在台南的家。王志強和楊怡君設了飯局在自家招待來自高雄駕駛賓士車到台南的阿雄，用餐後到客廳，阿雄提出大展宏圖的投資計劃。他一生從事駕大船入海洋打魚工作，擁有八艘捕魚大船，富甲一方，是屬於高收入的金字塔尖端人物。他們二人中有一人治癌有療效，癌症患者都會為了活命醫療，四處尋醫，在窮途末路，醫治無效時，即使二分之一的治癒機會也會嘗試。

阿雄：「在非洲坦尚尼亞還剩有一千棵百年腰果樹老叢，是世界僅存的。志強，你可能長期需要它。在那個國家，壽命百年以上的老叢腰果樹是多餘的垃圾，它的腰果已縮小，沒有含足夠的水分，也沒有香氣味。老動物的肉不好食，老

叢腰果也是這樣子，已沒有商業價值。」

素卡拉教授認為 D 劑的尾巴是 15 碳元素連接組成的長鏈，化學家無論多有智慧也不能折斷那條尾巴使之只有 10 碳，只好等待讓它成長百年後，它會衰老自行了斷。也就是 10 碳的長度不長亦不短，掃蕩起來，長度足夠阻止大體積化學體靠近 D 劑，但是，小到能讓細胞壞死的腐爛 DNA 最小單位的鹼基核甘酸靠近時被 D 劑內部的苯甲醛吸住，一起代謝排出體外。最小的鹼基核甘酸不在此處掃除，一旦進入細胞內被成長中的 DNA 採用，它可能被錯誤的次序排列在 DNA 組織，這錯誤一定會導致 DNA 突變，終致癌細胞的生成。D 劑就像一台清掃機，把屍體腐爛有毒的最小 DNA 單體的核甘酸掃除到體外。

阿雄：「反正有治癌療效，世界僅剩約一千

———

株老叢，坦尚尼亞的人不知道他們擁有的是一大財富，而我們卻知這是神祕的寶藏。」

阿雄以很厲害的生意人的尖銳眼光說：「我和台南市長有很深的交情，他選上市長後，老是要我對台南市做些貢獻。好了，我和他在電話中商談了好幾天，他終於答應跟擁有台南市漁光島的機構如林務局、國有財產局等等商量土地租給我們。」

志強好像沒進入狀況，表情驚訝地趕快發問：「租那麼大土地做什麼用？」

阿雄回答：「如果租到安平的漁光島 100 年，就以廉價購買全部坦尚尼亞的老叢腰果樹，半叢不留，並在漁光島做好土地品質勘察檢測，確定土質適合腰果樹的成長，並將它們全部移植回到漁光島種植。以後全世界只有安平漁光島才找得

到百年的腰果樹。」

　　志強：「那投資的資金怎麼辦？會從天上掉下來，是不是？」

　　阿雄老神在在：「不用擔心！我已向志同道合者募集了一筆資金準備投資。」

　　志強：「今晚，我就把此事告知在印度的素卡拉教授，由他和坦尚尼亞當局斡旋購買腰果樹老叢。」

　　阿雄向好友志強夫婦告別後，便迫不及待連絡相關事宜，喬出土地。

　　一個月後，素卡拉從印度回消息：坦尚尼亞當局認為那些老樹是沒價值的垃圾。竟然有人要，就隨便處置拋售了，每棵老樹美金 100 元，但是買方挖出樹根後，留下大地洞自己處理整地為可耕田地。

———

　　阿雄也獲台南市政府的回音，漁光島的生技科學園區必須規劃成做公益的非營利事業，財團法人的機構，方能獲得免租金及稅金的優惠條件。一切位於台南市安平區漁光島的基礎建築設施也陸續動工，都很順利地組織了台南市立腰果樹種植事業公司，

　　漁光島和台南市第五期安平區僅靠一座夢幻如彩虹般的漁光橋連接，遠望是台南市最美麗的小橋，近看也許是台灣最美麗的大橋。每天滿載的貨車往返如鯽，橋樑載重量驚人。漁光島是台南市鬧區西南邊緣的小島，面臨台灣海峽，約 1.5 公里長，約 400 公尺寬，其中 200 公尺寬是月牙形的沙灘灣，是一處優美海灘，緊接著另外 200 公尺寬是一長形的高聳森林地帶，大約佔據漁光島的一半土地。 這一大片森林的一半必需先移植

到別的地方，讓出空間出來給腰果樹移植進來。
靠近沙灘的臨海這邊的森林留著，可以擋海風和
颱風，不要挖走。靠近漁光橋這邊的森林，也是
臨近城市這半邊的森林，一聲令下，五百名工人
開始啟動鋸斷森林林木並在地上每隔 10 公尺就挖
個地洞要用來栽植百年腰果樹。

　　一千棵百年腰果老樹從非洲移植到台灣本地
是一件空前大工程，也是歷史首例，過程艱難萬
分，阿雄，他們辦得到嗎？

移植

　　任何人要當一國的領導者必需擁有無限果敢
的魄力及誘人的魅力，男女皆然。當然還要擁有
駕御行政管理的特質。相同的道理，一位大富翁

———

對時間利用是分秒必爭的。這些素質和阿雄在漁船上對待捕魚工人有說有笑，稱兄道弟有天差地別。為什麼？移植腰果樹的投資是筆龐大資金，是他募集來的。他知道這次投資，風險極高的。捕魚事業是由父親遺留下來的事業，目前這種腰果樹的事業給他新的事業方向，他沈迷地把精神寄託在未來的「醫藥生技事業」。於是這陣子的日子，他全神貫注地投身這大目標，向前邁進，是他人生最快樂的時光。

阿雄果不其然也在未來成為一位人人尊敬的大富翁，世界很多王國的高官巨賈一旦罹患癌病都要向他跪地求生路。

阿雄下班後從住家和在坦尚尼亞的素卡拉用國際網路視訊電話連絡。阿雄聘請素卡拉做公司的總經理負責從坦尚尼亞移出腰果老樹的所有

事務，因為腰果老樹大都集中分佈在坦尚尼亞的姆特瓦拉港附近，而這裡的工人很懶散，他們寧願只吃蔬果過日子，也不願在炎熱的太陽下去挖掘腰果樹根，賺多點錢吃牛排，過好一點日子。何必努力勞動，政府會養他們的，這樣的人民注定一生貧窮，永無翻身餘地。

姆特瓦拉也有座小港，瀕臨印度洋的深水海港，有軍隊駐在附近守衛小港口，雇用不到當地工人，素卡拉在阿雄的授意與支持下，和姆特瓦拉的鎮長談判，加碼付薪資聘請借用五百名軍人，且所有搬運移轉過程，由軍方人士掌控！

老叢腰果樹連根高約 12 公尺，倒裝入 40 呎長（約 12 公尺）的大貨櫃，而且左上右三面無鐵皮牆的尺寸才容納一棵老樹。

素卡拉和台灣的裕民海運租來一艘散裝船，

———

可一次載負一千個貨櫃。一千個貨櫃是向台灣的其他海運公司租來的，正整齊排列在姆特瓦拉港口邊，吸引不少閒人參觀，有些人終生未見過三面開放的貨櫃。

每次挖土機挖掘老樹，當連根拔出時，農田裡的農民一陣歡呼響起。以帆布包住土壤和根部，在航海行程中可以加水灌溉，而且讓陽光能照射到樹葉進行光合作用並保持樹根活生生。然後以推高機置放並放平在貨櫃裡，固定位置後，修整樹葉使不會溢出貨櫃外，左右並以大網圍繫住，確定樹枝葉不會外溢而且保持通風。然後就立刻被拖移到港口的貨船上。

在這小港口矗立著貨櫃堆積五層，遠望如五層剛剛架起鋼架的未完成大樓，在這小港已是高樓大廈了。每一個貨櫃裡都塞進一棵老樹，這些

老樹偎依在貨櫃裡好像覺得很舒適,曾經在這原生國度被棄養已到奄奄一息的程度,現在快要搬家到另一個國度去另覓生機了,素卡拉心想,渡過這段海運期間,控制好四週維生輔助設備,不出意外應該能安全抵達台灣港口。在台灣,它們從此過得很幸福,也會帶給更多人新生的希望。

第 四 章
黑色大陸

———

賄賂

　　這一天早上，素卡拉到現場察視搬運貨櫃的狀況時，坦尚尼亞一步槍班十個穿中共陸軍服的黑人士兵舉槍對準素卡拉，一位身材高壯，面帶怒氣的班長說：「鎮長請您到他的辦公室。」

　　素卡拉坐上中國製造的吉普車跟著那位班長去見鎮長。素卡拉的腦海裡萌生疑慮，為何以前見面都在副鎮長住宅？這次還動用步兵舉槍威脅，他感覺好似被綁架。他從來不曾接近過姆特瓦拉（Mtwara）鎮的行政區域，這次不友善的動作引發素卡拉心裡不寒而慄。

　　車子駛近行政區時，在前方操練廣場，他看到眾多穿中共制服的黑人士兵，大隊、中隊、小隊排列整齊作閱兵練習。舉高小腿踢正步前進，

全身上下顫抖，非洲黑人士兵也學北韓，無人道的踢正步到半身幾乎麻痺癱瘓，還舉著中英對照的大字報紅色旗子，上面寫著「非洲解放軍」。素卡拉看見訓練官都是東方人面孔，猜想是中共士兵吧！

坦尚尼亞是中共在非洲的附庸國，舉凡全國基礎建設如公路、鐵路、海、陸、空軍軍隊都是由中共軍方資助。坦克車隊更是非洲聞名的，使用中共製造的坦克車來掃蕩非洲鄰國。

素卡拉被請進入鎮長辦公室，鎮長將所有跟隨者請出室外，隨手關門。鎮長開門見山，毫不知廉恥地說：「你知道台灣方面付出的十萬美元是付給姆特瓦拉鎮政府的，但另外也要付十萬美元給鎮長及副鎮長平分，此外，還要外加招待女人！這是我們這的規矩。」

———

素卡拉很快明白了，這些非管道行賄的事在印度時總會偶而發生的。於是他打了專屬紅線電話給在台灣的阿雄，得到他的首肯。

很快地確定再隔幾天款項就會滙到，且安排的粉色接待也找到可提供服務的祕密管道。

夜色上海

平常在姆特瓦拉鬧區路上行走要瞧見一位美麗黑人女子機會不大，她們都聚集到黑人餐館當服務生了。坦尚尼亞與中共關係親密，所以在街上到處可瞧見中國人，他們是由中共分發而來坦尚尼亞當鐵路建造工人，幾乎都是單身男性青年。

想一想就知道中國年輕男人對黑人女性胃口不大，而黑人女性還嫌黃種男人配備細小，作功

又不長，不值得留戀。那麼眾多已在地的中國男性不可能都是同性戀者，於是，大陸中國女性工作者乘勢崛起。一批又一批紛紛乘坐中共軍用航空母艦，不用付費的隨著軍援物資到坦尚尼亞，抵達後就立即被分配到眾多的中國餐廳酒店當服務生，其實是大多也兼差當妓女，供應眾多男性中國工人的性需求。

坦尚尼亞人統稱她們「上海美女」。

非洲裔男性垂涎欲滴「上海美女」，想一親芳澤，卻時時屢遭拒絕、沒有門路。首先上海美女們索價高昂，一般人負擔不起；二是她們只願意服務中國工人或亞洲人，除非中國客人或外賓的陪伴，當地非洲男裔才能享受來自東方的佳麗溫柔鄉。

姆特瓦拉鎮長一直對上海美女垂涎三尺，但礙

———

於她們不接受黑色條子，一直不得其門而入。今晚有個印度俊男相陪引薦，鎮長終於可以完夢了。

在某個傍晚，鎮長擺脫了所有隨員，自行駕車，只帶著素卡拉隨行親訪在本鎮最著名的萬芳樓酒店，共赴軟床艷窩銷魂處。

素卡拉是位學者，雖是單身，年已過不惑，很有自制力。他陪鎮長來此，但一心只想趕快把那些腰果老樹運送到台灣。不願被鎮長懷疑，他只好陪同鎮長走入柳巷，隨即自行步出酒店進入鎮長座車，想靜坐等待鎮長完成大事。

但還未步出酒店大門，中國的老闆娘便直接攔住他，老闆娘對他說：「董事長大哥，你不滿意我們的服務？還是她們不夠漂亮嗎？」

通過一條長廊，中國老闆娘雙手邊拉邊推，帶素卡拉進一間裝潢華麗的 VIP 包廂內，輕輕推

他到沙發椅坐下，騙他說：「你在這兒先等等，
我去找幾份禮物贈送你。」

　　不久，老闆娘帶出來一排十位花枝招展、各
具艷色妙齡上海美女走進大包廂，一字排開展列
在素卡拉面前。他都快抵擋不住，只好著急萬分
地走進廁所，佯裝上洗手間。老闆娘以為他不滿
意這十位美女，一揮手，包廂裡的十位上海美女
魚貫回到她們的休息室，老闆娘又一揮，再換出
另一組更加美艷的五位上海美女出來等候他。

　　等待素卡拉從洗手間出來，推門一下，嚇得
差點破膽，趕緊衝出包廂門，急欲跑出酒店門外，
可是這些美女竟七手八腳地抓住他，緊追其後拉
扯，忽然其中一位美女拐了腳，不慎掉了一隻鞋
子，他覺得應該保持紳士風度，趕緊蹲下幫她套
上。那美女一頭滿滿的鬈髮正披上了素卡拉的臉

———

頰，散發出淡淡的茉莉花香味，就在那一刻兩人四目交接，素卡拉被那眼神一勾，內心一震！忙亂中他終於掙脫出群芳眾麗的糾纏，快速逃出到停車廣場，坐進停在酒店門口的鎮長私人汽車裡。

　　出了酒店大門口外，因這裡是軍方管制區，遠處似有巡邏警衛，他暫時可以安全不受打擾了。他靜坐車內凝視黑暗前方，不禁想起剛才那位美女為了追他，掉了一隻高根鞋，素卡拉還順勢退回去彎下腰撿起來替她穿上，那霎那驚慌緊張的情緒，竟被對方目光激電出莫名的火花！讓他莫名想起《仙履奇緣》那個古老的童話。那位美女是灰姑娘嗎？想到此，卡素拉嘴角微微地笑，一瞬間彷彿有股幸福的能量包圍了他，在這個溫暖的能量包圍下，他漸漸進入夢鄉。

　　素卡拉從夢鄉初醒，脫下近視眼鏡，再從口

袋中掏出手帕來揉一揉惺忪睡眼。瞧一瞧手機上
的時間，發現自己已經睡了三小時了。

　　素卡拉忽然想起來自己在等候鎮長，鎮長還沒
有結束？傳說高壯非洲男人極為耐操持久，果真
百聞不如一見。此時鎮長恰好由酒店的門口施施
然走出，看似仍精神奕奕，沾沾自喜地坐進車子。

　　素卡拉問：「開心嗎？」鎮長一臉春風：「哈！
我連續玩了好幾個真夠銷魂透頂了。」

———

魂斷石榴裙

　　坦尚尼亞是中共標準的附庸國，中共每年全國廉價工人在血汗工廠辛苦作工製造出來的產品，賣到國外，特別是美國。而那些賺來的外滙，只隨興撥款援助坦尚尼亞，所以坦國的總統好似中共主席的應聲蟲，說傳神點，應該說像不敢抗命的部下。

　　坦國所有火車站幾乎皆是向中共貸款建造的，火車站候車大廳掛有坦尚尼亞國總統肖像，旁邊也會掛中共國家主席肖像以示尊敬並感謝。

　　坦尚尼亞雖不是共產國家，但實行一黨獨大的獨裁政體，類似中共的共產黨獨大，國家政治操作很受到中共的影響力，部份民法抄襲中共軍法，對於妓女的管制非常嚴格，政府官員如涉及召妓

事件，以死刑論罪，以杜絕愛滋病之擴散。這些
軍事化的刑法規則源自中共，當然中共都派間諜
監督，所有餐廳老闆兼差任中共的間諜任務。

　共產黨雖獨裁與惡零距離，但做了兩件對的
事，一件是徹底掃蕩妓女問題，另一件是防堵宗
教的欺騙行為。他們認為宗教狂熱份子分二族群，
一群是收捐款者，另一是付捐款者。想一想，就
會知道前者比較聰明（絕不是智者） 而後者比較
愚蠢（有貪心但絕不是癡呆者），前者早知無神，
但是佯裝有神來向後者騙財騙色。

　共產主義者看穿，為了保護弱者，就使出全
力排斥所有宗教包括基督教、天主教、回教、猶
太教、印度教、佛教、道教、民間信仰如媽祖、
關公類，甚至連儒教都不放過，還有一些新教更
是數不盡的掃蕩至一乾二淨。用良心講話，所有

———

宗教創始者皆出自善意，創始者幾乎全部缺乏科學知識，論述全無科學基礎。如果有科學常識，就不會提倡不科學的宗教哲學，還要強詞奪理。後面跟隨者見有機可乘，產生騙財邪念。

而姆特瓦拉的那家萬芳樓酒店，老闆娘便在當晚就報告給中共駐坦尚尼亞大使館「鎮長上海美女召妓事件」，轉交給中共高層官員，再轉呈國家主席。主席一聽瞬間暴怒，打紅線電話給坦尚尼亞總統，怒斥必須嚴辦此件醜聞。

隔日，鎮長辦公室被軍隊包圍，辦公室也被軍人搜過，後來被押走了。副鎮長驚嚇過度，差點屁尿流地昏倒在座椅。

再隔一天，壞消息傳來，鎮長被槍斃了。速戰速決的嚴判處決是獨裁政府下人民的悲哀。

素卡拉也嚇壞了，來辦公室與副鎮長討論私

下的十萬美元要滙往何處，副鎮長驚魂未定地說：

「那不是我的要求，你去問鎮長好了。」

素卡拉立刻會意說：「鎮長已故，那我先代收，滙到我帳戶？」

副鎮長點頭，素卡拉立刻離開辦公室，回頭去處理搬運腰果樹的事了。

———

貪婪人性

　　非洲東岸日正中天時分與台灣時差幾個小時，剛好看見台灣的夕陽西落景色時。素卡拉致電報告阿雄關於副鎮長嚇破膽不敢再收受賄賂金了。

　　阿雄：「他自己放棄的嗎？」

　　素卡拉：「鎮長因召娼妓被逮，瞬間被槍斃對他是極大的打擊，真的嚇到破膽了！」

　　阿雄：「太好了！我們可省了十萬美元，那是不少的財富。素卡拉，我支付鎮政府軍方的十萬美元已電滙出，軍方應該會放行，你已裝好運上船多少貨櫃了？」

　　素卡拉：「剩下約 200 櫃，再二天就完畢。」

　　台灣那邊夕陽雖西落了，坦尚尼亞的姆特瓦拉港還是艷陽高照，素卡拉忙督導眾人趕工，突

然副鎮長來腰果樹農場拜訪，並約在素卡拉租住的民宿房子見面。所有出口程式都已交由軍方接管了，素卡拉猜不出為何還要求見面？

原來副鎮長經過了一個上午的沉澱，已恢復了部份貪婪作惡的勇氣。他想想，十萬美元不是小數目，辛苦十年工作還不一定有這樣的儲蓄，約與素卡拉見面。他想坦尚尼亞的法律對貪汙的處罰不重，而且鎮長已故，他是有二人份的。他對著素卡拉遞出一張紙條，上面有瑞士銀行帳號，說：「明天請您告訴台灣老闆把鎮長和您約好的十萬美元滙入這個帳號。」副鎮長言畢立即閃開。

等副鎮長離開了，素卡拉迫不及待地取出手機連絡上阿雄，告訴他：

「老闆，副鎮長的心不死，又要來取那筆十萬美元，怎麼辦？」

———

「他 XX，這種貪官汙吏，不給顏色看，真是會鬼魂纏身不完。」阿雄這樣回答，又繼續說：「素卡拉啊！我在商場歷練三十多年了，什麼大風大浪沒見過。」素卡拉這幾年來已練就了中文的口語能力。

素卡拉掏空雙耳恭聽阿雄親自口語密傳的錦囊妙計，不禁佩服阿雄到五體投地不已，並依指示進行。

隔一天下午，素卡拉又到萬芳樓酒店向老闆娘說：

「我今晚想要邀請你們一位捲髮、長髮披肩且有茉莉花香味的那位小姐帶出場去。」

「那一位？」

「就是那天晚上，丟了鞋，我幫她再穿上的那位美麗小姐。」

　　肌膚勝雪般白皙的上海美女便出來，一看到
是素卡拉要帶她外出，心裡欣喜若狂，這位帥氣
十足的印度郎，心想不僅這次將能飽賺一筆，而
且真是把她色慾的靈魂都加灌滿了慾汁，但她還
不知道已中了阿雄和素卡拉的詭計。

　　天色將暗未暗的時刻，有人心焦急躁，但有人
甜心等候，其實素卡拉早先預約了副鎮長也來他
的住所，只是晚一點再來。素卡拉向張小姐暗示，
她將接待另一個貴客。

　　過了不一會兒副鎮長出現了，進入素卡拉簡單
如酒店臥室房間的住所，看見有位美若天使般的
上海小姐，身材婀娜，心裡如有隻小黑豬胡奔亂
竄地跳動，顯出色鬼臉模樣。張小姐還半推半就，
表面上不大願意，素卡拉也順水推舟從中牽線慫
恿，讓他倆可以完成好事一樁。素卡拉眼見阿雄

———

的詭計快得逞，就起身佯說腰果農田裡發生一件事要去處理，請他們兩位等等暖身熱體一下。

素卡拉直奔中國酒店密告老闆娘，她立刻告發中國領事館。素卡拉心想反正黑人辦這種事是慢吞吞的，他就回腰果樹農田去指揮。當晚，副鎮長當場被逮，被槍斃了。張小姐是中國籍，有性工作者的中國執照，被判無罪。阿雄答應事成，素卡拉今年的年終獎金多加給他五萬美元。遇到龐大的金錢，人性的貪婪本性即刻彰顯出來，再多的倫理道德也棄置不顧了！

然而此時晴天霹靂的是，噩耗傳來，王志強的肺癌又惡化了。知道了之後，素卡拉更加緊運送腰果老樹回去台灣的任務。

藥效驚人

　　幾十天後，這一千隻貨櫃浩浩蕩蕩進入台南安平區，這是台南有史以來首次發生，市民圍觀者齊聚港岸邊，對這奇觀驚異不已！部份貨櫃整齊排列堆積在漁光島的路邊，部份像巨壁高牆聳立在岸邊碼頭上。

　　阿雄指揮五百個工人，他們勤勞地工作，加上幹練的台灣建築技工、園藝老手，奮力一鼓作氣地趕忙龐大的移植工程。兩星期後，一千棵腰果老樹林立在島上，大功終於告成。

　　三個月後在小心的培育照顧下，近百分之六十的腰果樹存活下來，且開花結果，終能收成了。製造提煉的精密作業亦快速開發出來，至此半年內第一批改造的無毒精製腰果殼的油，商品名「滅

———

癌 1 號」上市銷售。第一位服用的是王志強，他的復發肺癌細胞已長大到第二期，他的夫人楊怡君也服用，治療肝纖維化，沒有趕緊治療好，會轉變成肝硬化或肝癌。

「你的肺癌細胞有縮小跡象了，服用了改良腰果殼油確實有療效喔！」這次到醫院複診時，醫生這樣告訴王志強：「可是楊怡君的病情，並無改善的跡象。」

三個月又過去了，王志強的肺癌疾病終於再度治癒好了，但是楊怡君病情到目前卻一直未痊癒。

腰果殼的油有 50% 治癒癌症的機率，消息很快便傳開來，王志強本身是最佳的見證代言人。各方的患者或他們的家屬蜂擁而來，想盡各種方法與門路，向王志強懇求索取秘方成品「滅癌 1號」。這秘方成品存量不多，本來全部留著給妻

子用，可是王志強心地善良，將剩下的祕方精萃藥液分給病患者，然後，催著阿雄趕製更多藥液成品。

從此位於漁光島的生技藥廠所產「滅癌1號」揚名台灣，雖成品產量不如最先預期，但能確證有效醫治世紀第一大殺手的救命仙丹，要如何在精緻品管嚴格操作，增加產量，才是阿雄這生技製藥公司的首要任務！後來聲名更遠播國際，引來世界癌症患者大富翁來台就醫求診。甚至導引出台灣與坦尚尼亞的戰爭，也導致引發中美科技大戰。

肯亞的炎黃子孫

這段期間，眼見移植腰果老樹的成功率雖已過

———

六成，但對整個營運還是美中不足！為了解決這令外四百顆枯死的腰果老樹問題，素卡拉回憶姆特瓦拉鎮長被槍斃前，曾對他說過：「除了坦尚尼亞擁有 1000 株腰果老樹外，在北邊鄰國肯亞的週邊印度洋的一個神祕小島上也種植約 500 株腰果老樹，都是樹齡 100 年以上了。如果有興趣的話，你自己開船去找那個神祕小島，不過，那邊的小島如星羅棋布，你要在眾多島嶼中到處尋覓，是很容易觸礁翻船的，你要小心駕船。」

素卡拉於是打了電話給阿雄說：「董事長，我忽然想起姆特瓦拉鎮長去世前曾提起過鄰國肯亞的一個小島還種植約 500 株腰果老樹，是不是也把它們購買運回台灣？」

阿雄：「有嗎？」

素卡拉：「是不是讓我來帶領十個台灣好漢

一起去探險找百年腰果老樹，聽說那個小島上有一個村莊，住著一群人，他們與肯亞人民有顯著不同的面貌。」

阿雄：「好吧！你從公司裡挑選十位體壯如牛的好漢跟隨你到肯亞，世界上碩果僅存的 500 株腰果老樹也運回台灣吧。」

素卡拉：「肯亞比其他中非洲的國家進步，我們可以塔船從肯亞第一大港蒙巴薩（Mombasa）到近海的拉目群島（Lamu Islands）的第一大島帕泰島（Pate）的帕泰漁村小港口。如果那 500 株腰果老樹林是位在有小港口的大島上，我們挖出樹根後，顧用眾多的小漁船運到肯亞大港蒙巴薩，每條漁船隻戴運一株腰果老樹，全部集中在蒙巴薩大港口，再雇用海運公司送回高雄港，就如運回坦尚尼亞的那一千株一樣。」

———

阿雄：「那大約需用一個月，這段期間，你的職務就由我暫代吧。」

於是素卡拉花了三天二夜，才從桃園機場飛到曼谷，轉機坐肯亞航空到 首都內羅比（**Narobi**），機上乘客除了素卡拉等十一人外，清一色是非洲住民，大概都是肯亞到曼谷渡假的觀光客。這段旅程到肯亞海洋裡的神祕的群島充滿驚險，聽說鄭和下西洋的三百艘大船中的一艘船在此觸礁遇難，船員遊到一小島求救，後來娶本地黑人遺留下後代。可能就是上面提過的傳說，島上有一村莊的居民的面貌有點像東方亞洲人種。

素卡拉一群台灣好漢初抵肯亞首都，再從肯亞首都內羅比（**Narobi**）到肯亞的第一大港蒙巴薩（**Mombasa**）的交通工具有很多選擇，可乘飛機，比較昂貴，也可坐巴士在滿是坑洞的道路上

一直顛簸到終點，素卡拉等選擇乘坐高速鐵路，是最好的選擇，一日可馳千里。內羅比到蒙巴薩的高鐵，是中非洲科技最前端的一段，是由中共出資出力建造的，可惜車頭仍是舊型，和世界上最新的流線型車頭相差千百里之距。

　　肯亞東北岸巴狄島（**Pate Island**）附近的小群島居民稀少，城鎮都是小規模的村莊或漁村，也是居民寥寥無幾的小漁村，所以從蒙巴薩港口往返巴狄島的巴狄漁村每週只有一班次的遊艇，往返都排在週六。素卡拉等就包了整艘遊艇從蒙巴薩到群島到處尋覓各個大及小島並登陸搜尋腰果老樹，這些小群島周圍都被紅樹林包圍，且海浪礁岸險象環生，遊艇馳泛在陌生的環境下，竟在西雨漁村附近觸礁，不幸翻船遇難意外，素卡拉等十一人都跌入海中。

———

素卡拉翻船罹難處正巧也是 **600** 年前明朝的航海家鄭和下西洋的船隊中一艘大帆船遇難翻船同一處，他和群隊的人，力拼游泳上西雨村（Siya）。

肯亞東北岸的群島沿海沙灘大都被紅樹林包圍，要上岸必需要經紅樹林地帶，紅樹林的樹根堅硬，素卡拉一群人上岸前，水中匍匐前進時遭到極大的阻礙。紅樹林海灘沙地很鬆軟，人若站到紅樹林根，一不小心滑倒，腳會沈入軟泥中，越陷越深拔出來很費力氣。若經過長距離海上游泳時可能溺水更是回天乏術了。至今又半身陷泥中，已精疲力盡。也可能溺水死亡的。

素卡拉一群人上岸後發現少了一個人，一回頭瞥見紅樹林淺水區內一具載沉載浮的人體，瞬間心急如焚地跳入水中逼進，素卡拉抱起水中的身體急奔岸邊，立即做人工呼吸急救但已無心跳

氣息了。這群人包括遊艇駕駛，瞬間墜入悲傷痛苦深淵中。

遊艇駕駛一直以來都是駕駛從蒙巴薩港到群島第一大村巴狄城的航程，它是巴狄島最大聚落，人口只有五百人，今天來西雨村的航程對他是第一次經驗，充滿挑戰，遊艇雖觸礁翻覆，受損不大，幸好還可以拖拉回港口修理。

遊艇的黑人駕駛有一位堂弟住在西雨村莊，它位於離海岸一公里遠處，遊艇駕駛急忙奔跑到堂弟住處求救。駕駛員向他的堂弟央求租用堂弟擁有的最後一艘漁船，堂弟擁有大、中、小三艘漁船，今天僅剩最大的，其他的已租出去了。

這群心裡悲痛的台灣同事將同事大體移至租來的大漁船，從西雨島航向鄰近的巴狄島的巴狄市，剛才聽駕駛的堂弟說：「第一大島上巴狄市

———

是這一帶最大城市，雖然只有約五百人卻擁有一間微型的回教堂。」

素卡拉對著九位同事說：「我已經向董事長報告一位同事殉職，他已經告知殉職同事的家人，後天就會抵達這裡。」

現在將大體停放在伊斯蘭教堂裡，等家屬抵達再依穆斯林殯喪禮儀送終。回教土葬是沒有使用棺木，將大體包存在白布直接放入墓坑接地氣，再用泥土覆蓋，尊從阿拉上帝之聖言：人是泥土做的，死亡後也要歸泥土。」

素卡拉又說：「巴狄市只有一家小飯店，董事長已包下這間飯店的全部客房讓我們住宿。這間飯店大部份供歐洲觀光人士住宿，所以還很優雅高尚。」

這一群台灣旅客察覺到這飯店裡的服務員都

待他們很有禮貌，更妙的是長相點像東方人。

　　素卡拉好奇地問一位「歐巴桑，妳們不像本地人，有點像東方人。」

　　歐巴桑回答：「我們的祖先混有中國人的血統。」

　　除了印度郎素卡拉表示驚訝，其他九位台灣同事紛紛表明：「聽說鄭和下西洋大帆船隊中的一艘船在此地觸礁翻船，船員逃生游泳上岸向島上黑人求救，等了很多年不見中國船回來救他們，紛紛與當地黑人女子結婚生子，一直一代又一代繁衍傳承到現在，除了一些外移到非洲大陸肯亞居住，大部份留居巴狄本島。」

　　素卡拉帶著一夥人到村裡到處探問腰果老樹的消息，在巴狄市的街道上時常看到長相類似中國人的黑人，素卡拉攔住一群臉孔像東方人而且

帶著黑褐膚色，並以英語問他們知不知道有一大
片果園種有腰果老樹的下落。一位看似年紀較長
滿腮鬍鬚的也以英語回答：「就在巴狄市不遠的
森林區的旁邊。」

素卡拉喜出望外，繼續問：「是誰擁有那些？」

老者回答：「巴狄市漁業公會漁民所有。」

素卡拉再問：「這公會的漁民有多少人？」

老者回答：「52 人。」

素卡拉隨自我介紹：「我們來自台灣，想買
那些腰果老樹，要找誰來談這筆生意？」

老者回答：「就是我。我是這 52 人的長輩，
也是漁業公會的會長。」

素卡拉：「我付一株美金 100 元，一株不留
的全部買斷運到台灣。」

老者又說：「我今天回去通告這 52 人，明

天來伊斯蘭教堂商量。我們有事都在這裡集合開會。」

素卡拉：「一言為定，明早九點鐘好嗎？喔！差點忘記，我們一位同事死亡，已回歸伊斯蘭教，大體放在教堂裡的一角落，後天才要舉行土葬禮，行嗎？」

老者：「當然可以。」

於是素卡拉一群人就回旅館休息了。」

第二天素卡拉等 10 人加上有中國血統的 52 位肯亞人共 62 人，都擠在小教堂裡商談腰果老樹交易的事宜。結果肯亞人決定不賣了，因為那些老樹是三、四代前祖先種植的，後輩紛紛改行從事漁民的工作，才荒廢了百年變成腰果老樹。把它們出賣換得美鈔，有失去尊敬祖先的感覺。後來素卡拉以為提高價格，可能會改變主意。已經

———

給買價到一株 500 美元了，還是不出售。

　　那位老前輩又出現來講話：「不是金錢多寡的問題。我來替你們排解，是否雙方達成共識而得到圓滿結果。」

　　長者又說：「其實我們都是中國鄭和的部下船員的後代，都想回中國落葉歸根，但是中國是不自由的共產集權國家。」

　　長者吞了口水繼續說：「我們有些人回去住過，對那種獨裁制度下的社會感到不安而回流肯亞，雖然我們不是很民主的國家卻是自由國家，肯亞也是獨裁但還不敢對人民監控。」

　　長者再說：「我們倒是很嚮往台灣的自由民主制度的社會，是否幫我們申請移民到台灣居住，這 500 株腰果老樹全部贈送您們，還使用我們的漁船幫助您們運送到蒙巴薩港口，讓你們後續方

便運回台灣。」

素卡拉覺得這個提供條件太好了，台灣的農民都是小規模的自營個體，所以要雇用一群農民也不是件容易的事，如果讓 52 個當地人士來照顧 500 株腰果老樹，真是天大好事。

於是素卡拉把目前這裡的狀況報告給董事長知道。想不到阿雄一口答應，他會請市長幫忙申請肯亞藉勞工。素卡拉把這個好消息告訴所有還留在教堂裡的肯亞人，於是大家便歡欣喜地離開教堂。

第三天，去世的同事家屬到達巴狄城的穆斯林堂，參加回教式的殯喪禮儀，回教注重厚養薄葬，使用白色棉布包裹屍體，沒有使用棺材裝屍體，只挖出地坑，把屍體直接放進地坑底的土地上，掩土埋藏。墳墓不許凸出地平面，與大地同平面，

———

因為回教徒和基督教徒都相信人是泥土做的，死亡後也要歸土中，所以屍體要接地歸地。

第四天，52 位肯亞漁夫開始使用他們的漁船載運腰果老樹，每隻漁船載運一株腰果老樹，從巴狄漁港起航沿著肯亞海岸從北往南抵達蒙巴薩海港。

大約經過三天就把巴狄島上的 500 株腰果老樹運至蒙巴薩港口，裝進 500 個長型大貨櫃裡。準備運回移植在台灣台南的漁人島。

第五天，素卡拉帶領九位同事離開肯亞回台灣的路上，並委託外交部火速辦理外籍勞工來台定居工作事宜。

不久台南市移民局以快速辦理通過 52 位肯亞勞工的優先採用，加入這批生力軍之後，他們萬萬想不到的是，這些人力可以替台灣每年賺進 50

億美元的外滙。

第五章

腰果樹戰爭

———

紛爭與和解

　　阿雄是漁民勞動階級出身，瞭解勞動階級的艱辛困苦的生活，心裡對他們同情與尊重。他募集多位有志之士，集資一大筆基金，成立了「保生精製科技有限公司」，公司雇用人員不管是本國的或是外國人，清一色都是家住在安平。還雇用當地農民 500 人來照顧公司所擁有的約 1000 棵腰果老樹，每一位農民照顧 2 棵老樹，起薪一個月新台幣 10 萬元，這是台灣平均起薪的 4 倍之多，將來還可以分紅，此公司的老闆阿雄將賺到的稅後盈餘全部以年終獎金分發給上下員工，雇用的 500 名農夫都是全世界高薪的農民。

　　從坦尚尼亞運來的 1000 棵腰果老樹，移植成功率才六成，存活 600 棵。後來從肯亞運來的 500

棵的移植成功率稍微好點，有八成 400 棵的存活率，所以總共 1000 棵存活下來。本來雇用 500 名安平農夫，阿雄解雇了他們，由從肯亞移民過來的 52 位漁夫改行變農民來替代。

經過約一年研究，神秘配方的治癌療效由 50% 進步到 80%，不僅國人知曉，有公信力的 CNN 新聞台加持台大醫院的權威證實，將消息傳開出去，外國人也都引起嘩然轟動，外國癌症病患者紛來台灣尋求醫治。

這種天然腰果具備神祕特效的配方，是王志強和出身印度的同學素卡拉共同研究出來的，他們的秘密配方配合精製的去羥（氫氧基）百年老樹的腰果殼抽取出的油（Cashew nut shell oil），而且全世界碩果僅存的 1000 棵，已全數被阿雄買斷並運回台灣了，也已成功地移植在台南安平的

———

漁人島上。這是全世界的創舉，也是極大的冒險投資。沒有腰果殼的油就不會有神祕藥配方，也不會造就台南市安平區數不盡的高樓大廈突飛猛進的繁榮現象。

　　剛開始進行謹慎地可掌控的診治時，只醫治住在台灣的居民，為了配方保密，病人都須居住在管制的醫療院所內，由專業受訓合格護理師監督下服藥，一切診療用品不得攜帶出醫院，這樣做是為了保障配方不被洩密。幾家新成立的醫院都位於島上。

　　漁人島四周是被海水包圍的，只經過漁光橋和台南市鬧區連接起來。阿雄更費盡心思招募另一批投資者，在島上興建醫院，並結合周邊休閒設備，讓病人身心皆有妥善的照顧。病人在此安寧地過生活，而且天晴時可以天天觀賞夕陽西下，

黃昏海灘景色無限好。

　　外國罹患癌症的人，必需攜帶大筆資金並經過嚴格的審查，才能住進病房得到醫療照顧，醫院病房數量不敷使用，雖愈蓋愈多。最後只好實行更嚴厲的選擇性的挑選病患，不得不只收留和台灣有邦交國家的或對待台灣友善國家的達官富賈。

　　此政策導致聯合國大半會員國爭先恐後要求和台灣恢復邦交關係，此種現象引起中共的反彈，向聯合國安理會提出抗議。安理會在極大的中共壓力下，但基於種種考慮，不敢貿然做出決定。

　　以前聯合國是被美國所控制的，但隨著著時間過去，一部份會員國已逐步被中共控制，且靠著強大的經濟優勢及陰狠的暴力威脅，中共對聯合國有相當大的影響力，幾乎直逼美國。

　　但靠著這樣的技術，台灣終於不需再向某些

Chapter 5
腰果樹戰爭

———

小國哀求邦交，反而是他們向台灣懇求建立邦交。
台灣如今已躍上世界醫療強國平台上的第一名，
勝過美國與德國（以醫師素質、醫學技術水準、
醫療設備精密度及保險費接受度為基準）並遙遙
領先日本。

　要治好癌症，全世界的人首先想到的是台灣
的台南漁光島的醫療科技園區，因為這科技園區
是唯一擁有百年腰果老樹，其他國家只擁有樹齡
不到二十年的腰果樹。真是巧合極了，在亞熱帶
的台灣是不太適宜種植腰果樹的，那是指樹齡不
到二十年的腰果樹，但卻反而適宜老腰果樹，因
為老欉的水份不多，在乾旱熱帶氣候反而容易枯
死。此時正是盛產腰果的季節時期。除了台灣之
外的世界，還要等八十年以上才開始有百年老樹，
也才能生產可治癌的腰果殼的油。台灣需要把握

在這八十年間創造命運。

　　阿雄和素卡拉及公司的高層主管在公司的辦公室裡開會，素卡拉本人是一位對開發新藥，極執著且熱衷的醫生，他說：「由於台灣政府命令我們公司在有限醫藥資源下，主要醫療必須全部供應本國人民及和台灣友善國家的人民。我是醫生，天職在心坎裡不能歧視病人，必須公平對待病人一視同仁。」

　　而且中共方面已感受到強大的壓力，尤其是抗癌醫療方面，無法突破，最終他們計劃發動一場意想不到的偷襲策略。

　　阿雄：「我們公司是醫藥製造業者，雖然也是認為醫療在道德上必須公平公正，但公司處在這利益衝突的狹縫中，如違背法令，將會被政府封殺。政府心態很明顯，是乘機懲罰與台灣斷交

———

的國家，並欲與更多國家建立邦交，更不用說，想要與中共一別苗頭。」

素卡拉對阿雄的見解很不認同，於是在辦公室裡相持不下爭吵起來。素卡拉當著所有主管面前，向阿雄口述辭呈總經理職位，但是董事長阿雄積極挽留。素卡拉的內心裡也是依依不捨。

阿雄心裡盤旋著到底政府的命令為重？還是醫病倫理道德重要？不走現實的道路，公司恐遭政府封閉。但是素卡拉如離職，公司就失去了能量，以後的路途恐將面臨危機。

阿雄面朝著素卡拉方向，以低沉的聲調說：「你現在的職務不就是你終生追求的理想嗎？公司如果失去了你，也會遺失方向，我們在二者之間狹縫中求生存。政府應不會真的要公司關門，只是會有行政干擾，我來應付，我們公司且走且

看，你不要辭職，公司需要你。」

素卡拉覺得內心一股溫暖，終於答應留下來。

想不到這個決定卻使台灣將來進入聯合國的命運改觀。這個會議使台灣的敵國在聯合國大會就如髮夾彎轉向支持台灣。

他們這家製藥公司是台灣唯一生產的新藥能控制癌病並醫治好癌病，也是目前全世界唯一的。這是台灣之光，雖然地小但是人傑，很多遙遠地區的國度甚至誤認為台灣是一個高度工業化與醫療生化的大國。

公司的營運仍然要靠政府的強力支持與外交斡旋。就在漁光島上的科技園區發生意見衝突時刻，同時在台灣國內立法院及國際間尤其美、中、日、台也暗地較勁，幾近劍拔駑張的默默進行交涉。

———

　　越來越多與台灣無邦交的國家，為了醫治好他們人民的癌病，偷偷地對台灣政府表示友善。世界一流的間諜訓練國度裡的中共對台灣使出的殺手劍，你能躲過嗎？看在中共眼裡，瞞得過嗎？

　　早期其他國家若為了台灣惹惱了中共，終究會不得善終，於是他們使出老招，就像幾十年來對與台灣有邦交的國家，施以重利引誘，加以金錢收買，要求他們與台灣斷交。當然中共有錢財可以挹注在全球較落伍的國家建設高速鐵路，要對付台灣這樣的眼中小螞蟻，不用巨斧切蚯蚓就可以痛快地佔領台灣，據中共估計，三天就可以完全征服台灣全島。然而歷史的教訓歷歷在目，好比日本在世界大戰前曾狂言三個月內佔領全中國，但自大必將導致失敗，美國的兩顆原子彈便輕易的讓日本輕易投降。

　　台灣失去所有邦交國，全世界的人都對台灣寄以同情，但也沒能力施以幫助。台灣好似被世界遺棄的孤兒，只能處於被棄置的壓縮的國際空間生活著，全台皆陷入憂鬱症的痛苦糾纏。

　　回想當年台灣的政客們常常欺騙人民說：「台灣或中華民國已是主權獨立的國家。」基於聯合國的定義，主權獨立是指「超過半數的聯合國會員國承認的獨立國家，比這更重要的是必需有經武戰備實力強壯的朋友願意支持，而且後者比前者更重要。」

　　如今，台灣一直不是主權獨立的國家。中華民國曾經是的，退出聯合國後就不是了，主政者的情緒決定了後代子孫註定的悲哀。台灣只剩下奄奄一息，就像一隻海狗已被含在大鯊魚的血盆大口，隨時被吞噬消化掉了。

———

　　只剩下美國和日本兩個強國對台灣惺惺相惜，不離不棄，巧的是這兩個國家是民主自由陣營裡最具影響力的科技及經濟大國，也就是前面所說的戰備經濟實力夠強的國家。

　　美日智庫的學者專家都是日以繼夜絞盡腦汁為台灣思考出解套的方法，在台灣危急時，終於有誠不負苦心人，美、日、台的智庫學者想出一個妙計，讓台灣在無邦交國之下解套的方法，三個國家合作揭開了與中共漫長的血淚鬥爭路程。

　　聯合國目前有 200 會員國，以聯合國憲章規定來講，至少需要 101 國承認才能成立為擁有主權獨立的國家。聯合國不是只講道德的聖地，有時不小心就變成講實力的練武場，中共的戰機和軍艦一直繞著台灣近海威脅登陸，狀況十分危急。

　　回想幾十年前，為了抵抗中共頻頻文攻（統

戰）武嚇（軍事威脅），台灣國會立法院長緊急召集立法委員開會，國民黨和民進黨員的立法委員互相責備和攻擊對方，讓人感慨不已。

正如黑道惡霸的敵人已立足在門口舉槍對準屋裡夫妻想要滅門謀殺，屋內夫妻還在大吵大鬧的。

國民黨籍委員正對民進黨藉國防部長責問：「台灣向美國購買核子武器，不怕惹怒了中共嗎？如果他們藉口派兵搶登陸台灣，你負責嗎？」

國防部長答：「對岸部署了無數的核彈對準你家和親友家，你不畏懼嗎？」

委員：「是我質詢你，還是你在質詢我？」

國防部長：「是您質詢我，我還沒有答覆完畢，您就嗆我。若有一位搶匪舉長槍在前門口欲進屋，好友緊急從後門遞給我一把手槍來抵抗，這不是

———

常情嗎？」

　　委員嘴角微笑：「部長，你又在質詢我了。你有沒想到，我們如果不部署核彈，他們就不會攻擊我們了。」

　　部長：「我回問您是我的口頭習慣，如有冒犯，我將改進。但是您的見解，我不能認同。剛才譬喻的那個搶匪見到屋主沒手槍就不會進屋搶財了。世上這樣認同的絕對不會是多數。如果不是中美長期對立的關係，台灣才沒有此機會。這也許讓台灣有喘息的機會，我負有台灣安危責任，請考慮我的立場和台灣的存亡危機。」

　　另一位民進黨委員站起來氣憤地朝向那位國民黨委員大聲喝斥說：「您這 質詢的心態表現就是期盼中共拼吞台灣，就是中共同路人。你可以回中共獨裁統治下的領土居住，為何想連累 2300

萬台灣人民？」

　那位國民黨委員也不甘示弱地說：「你們只會說我們不愛台灣，國民黨親中政策便是要保護台灣人免於核子戰重創滅亡。」

　民進黨委員氣衝衝，開始走向那位國民黨委員，靠近時伸手欲襲擊，國民黨委員也不示弱，不久就演變成雙營間的群毆纏鬥。立法院警衛員即刻進入會議場地制止紛爭，但他們的群毆好似在演戲，一點都不像纏鬥。

　這時民進黨籍的立法院院長開口道出下面這段感人講話：「很多台灣的精英人才，早在二二八事件後被蔣介石部隊或同路人抓去槍斃，屍橫遍野，當然沒有精英領導反抗，這場動亂就很快平息了，也因此埋下了台灣人與所謂外省人的仇恨心結。」

———

　　一位國民黨委員立即嗆說：「你是否在煽動仇恨？」

　　院長瞬間回應：「慢點！聽我講完。」他喝了一點水，繼續說：「大部份的所謂外省人是善良的，也沒有殘殺過一個台灣人。」

　　院長以憂傷的表情說：「其實，只是少數權力擁有者所造的孽，卻讓大多數所謂外省人長期的生活在恐懼中，深怕台灣人的報仇雪恨。中共乘機放話，如台灣發生內亂，中共就派兵平亂。此種放話被少數身住在台灣心繫中共的外省人政客利用，他們為了追求生存在台灣而不被台灣人清算，所以靠近中共以求保障，因此被標籤為『親中』。」

　　院長說：「如果真的喜歡共產獨裁制度，理應到中共體制下生活呀！所以親中雖是有找到大

中國的靠山啦！其實還是喜歡在台灣民主自由的體制與生活。」

一位國民黨委員站起來說：「院長，這就是我們外省人的懷滿苦悶之處。」

院長：「以前有一位外省人市長曾說，他生在台灣、長在台灣、活在台灣、死在台灣和埋在台灣，多麼感動人呀！他是誠心的，如果他不是台灣人，那麼，他是什麼地方的人？」

院長：「這裡是立法院，現在我們立法已連署一個新法案，要送交審議。所謂外省人如果同意蔣介石是二二八事件當時主政者，不管有無直接參與，皆須負責，應向台灣人民和全體華人道歉。此後蔣介石的遺像，包括立體的和平面的都應以一腿跪地姿勢塑造成。毛澤東殘殺無數國民黨員及軍人，文化革命犧牲者，應以兩腿跪地塑造遺

———

像和石像向所有華人道歉。另外，當歐洲已進入工業革命的潮流時，清朝不知奮發圖強，沒能效法日本明治天皇維新，造就了今日的強國印象。中國近代史造成腐敗的罪魁禍首就是慈禧太后，應塑造遺像向所有華人趴地謝罪。」

終於在立法院這法案通過了，從此，住在台灣的人民，形成共識，同仇敵愾一致對付強敵中共。此後，中共將繼續以獨裁的政治體制存在於「悲慘地球」。

人民無尊嚴地一代又一代地活下去，世界以美國為首的自由民主國家都為台灣撐腰。中共人民雖然不再淪為貧窮，經濟雖有起色卻是人類對政治最無知盲感的民族，因為他們很享受自以為是的專制獨裁的政權統治。

如今回來說，台灣要如何解套，使用中華民國

或台灣的名字進入聯合國，以往經驗都被一個強大的安理會理事國中共所排斥。那麼使用「台北」當國名，美國智者認為有「中華台北」，也會被否決的。

那麼使用「東中國」，應該可以吧？就是這樣，以偷襲的技巧，由美國和日本引進向聯合國安理會伸請加入會員國。次日接到安理會主席快速回覆：「國名有中國，拒絕。」

一位台灣智者提議以「屏東」當國名。讓中共以為屏東是中美洲新興小島國，不在意，竟然在安理會缺席，被台灣闖關成功了！從此進入聯合國大會的議程討論，新國名為「屏東國」，交由聯合國大會表決通過。沒過三天就被強大的聯合國的安理會的中共否決了，理由是台灣是區域，不得以任何名字當國名加入聯合國。台灣又陷入

———

絕境，舉國抗議，群情激奮，最終無力可回天地竟成哀鴻遍野。

此後不久，台灣出現了一位「神祕人物」，他擁有八套對應劇本，每套劇本都可以將台灣送進聯合國。作者在本書僅提供第一套劇本，就是利用中美交惡期間纏鬥不分上下，也無勝負的跡象時，提出給當時被選出的國民黨籍的台灣總統，請他利用鬥智而不是鬥力來應付中共。

此計是有點複雜費時，但簡單來說，便是將台灣取名「波多黎各」，將台灣申請入會，看似兒戲，但是竟然真的將台灣送進了聯合國。中共啞巴吃黃蓮，有苦說不清，睜眼察看，無法阻止，因大會會員國除了中共外，全部一致通過「波多黎各」的申請入會，中共如強勢反對，恐怕反而遭聯合國大會驅逐出聯合國。

討回腰果樹

經過三年的好時光，台灣當局感到一股從非洲引發的強大壓力，一如一片大又厚重的烏雲覆蓋住整個台灣的上空，讓人難呼吸。坦尚尼亞知道最近幾年台灣賺了很多美金外匯，每年約賺進100億美元，富裕了，而坦尚尼亞的人民還在貧窮國家的行列裡。該國總統深感痛恨不已，決定對出售老腰果樹之事追究責任，直指賣腰果樹給台灣的姆特瓦拉新鎮長，對他大肆咆哮如雷，還叫他是賣國賊。

新鎮長喊出：「不是我，是前鎮長幹的。」

慢慢，他才膽怯地遂將老鎮長與副鎮長因貪錢財女色的經過一五一十地向統領報告，也躲過一場殺身之禍。

———

　　該國首都天空上的厚烏雲轉變為黑色雨，終於落下地來，清楚地看到黑色濃濃的雨水土流，好似一場「黑禍」要來臨。

　　有聽過「黃禍」，卻第一次聽到「黑禍」。誰知道正是「黃禍」變毒化成「黑禍」，那是中共正悄悄處心積慮地要蠶食鯨吞這大片利益的大餅。

　　坦尚尼亞人普遍喜食辣味油膩的食品，喜歡食用之肉是牛、羊，忌食用豬肉與其內臟。討厭食用奇怪形狀的生物，譬如墨魚、魷魚、甲魚等，有些人不食雞肉，但食蛇肉的興趣濃厚。坦尚尼亞的蔬菜比水果貴，大部份主婦上菜市場只買水果，尤其香蕉，蔬菜與水果價格與台灣正好貴賤相反。想一想，是何原因？

　　世界上很多國家的人民用餐是以手抓食入口，

餐後無需洗餐具，輕而易舉，但是很不衛生。大部份的坦尚尼亞人民亦是如此用餐，高級的社會結構會如此嗎？ 還有更恐怖的是一小部份的女人有剃光頭和紋面的陋習，認為是美麗的象徵，兒女稱呼父母親的朋友為爸爸或媽媽。他們招待貴賓食蛇，為了尊敬主人，賓客必須將蛇頭及蛇尾都要吞下肚子，當然、內臟都清洗出來了，而且煮過的才食用。

坦尚尼亞在 1967 年至 1985 年實行溫和社會主義，類似中共實行的公社，在此期間因政治環境與中共類似，所以兩國邦交非常親密，中共傾全力援助坦尚尼亞。

坦尚尼亞是非洲東海岸的國家，不久以前既貧窮又落後，卻與鄰國時常發生戰爭。非洲人本來只會使用矛、盾與箭之類的原始武器，後來德

———

國人進入了，開始學會使用槍砲等的近代武器。中共經濟繁榮和軍力強大之後，提供坦尚尼亞的經濟與軍力援助，包括建造鐵路交通的基礎建設，軍備設施完全中共化。坦尚尼亞擁有的軍備百分之一百是中共製造，從空軍戰鬥機、海軍軍艦到陸軍坦克車都是。坦尚尼亞的軍隊就是中國人民解放軍的複製品，連閱兵時的踢正步都演練到很像北韓的軍人高舉僵直地各個腿臂顫抖的踢著正步。

　　坦尚尼亞將百年腰果樹銷售給台灣，過幾年之後、才發現老欉腰果樹是世界無價之寶，台灣人把腰果樹生產的腰果殼抽取的油精煉製成治癌病醫藥，但腰果樹必需生長一百年以上老樹才有效。地球表面只有幾個國家的氣候能種植腰果樹，赤道地熱帶通過的國度才適宜種植腰果樹。只有

坦尚尼亞不珍惜，讓它們荒廢了一百年以上，被台灣人發現並買下了這1000多棵，價值連城之寶。不過老樹耐熱程度不及樹齡年輕的腰果樹，在赤道地熱帶反易枯乾，這時台灣的亞熱帶反而適宜種植。

後來每年讓台灣賺進外匯100億美元以上。該國領導與中共領導的交情良好，就狐假虎威，仗勢欺人，要求台灣當局壓迫阿雄等人退還腰果樹。這是不可能的，它們替台灣每年賺進至少100億美元，況且這是合法的私人商業契約，台灣回覆坦尚尼亞：「民主社會政府無權去干涉民間企業合法的商業行為。」

於是，坦尚尼亞對台灣掀起一場美國與中共代理戰爭。

———

台坦之戰

　　東非洲的坦尚尼亞在中共傾全力援助下不理會國際法庭仲裁決議對台發動戰爭。它是中共的典型附庸國家。台灣在忍無可忍之下，對坦尚尼亞應戰。目前一艘中共製造的航空母艦租給坦尚尼亞，上載十八架戰鬥機及二架直昇機，還有一群軍艦護航圍繞在旁，也都是中共製造而由坦尚尼亞海軍操控使用，就停在高雄港外海威脅要進攻高雄港。可是高雄港內停泊一艘美國製造的航空母艦，外表較小，但更先進的航母艦群等待一場激烈的海空戰鬥即將一觸即發。這是一場代理權之戰，為何稱代理權之戰？坦尚尼亞領導者缺少國際間交易知識，把自己國土上生長出來的寶貴百年腰果樹廉價售給台灣的私人公司，以國際

交易法或平常人知識，銀貨兩訖的交易完成後，應不得後悔或要求對方退還，除非對方同意。但坦尚尼亞人認為此事件是不公平的交易，要求退還原樹，台灣人依法當然不肯，坦尚尼亞人於是掀起了一場非鄰國而是跨洲的戰爭。

　　坦尚尼亞是由中共提供低廉的軍事設備及經濟援助，建造鐵路及公路才由貧窮的國度搖身變成非洲軍事強國，廉價軍備是由極低利率或無息的中共貸款付款而取得。全國武器都是從遙遠的中共運過來的，而台灣這邊的軍事武器大部份則是美國製造的，小部份台灣自製，所以台灣和坦尚尼亞之戰就是美國和中共的武器代理戰爭。

　　美國和中共為了台灣吵了好幾十年，雙方卻先以經濟貿易關稅大車拼，誰都無膽量先動武，只是口頭嚇嚇叫而已希望有一方讓步妥協，台灣

——

人就在兩大強國相激叫囂抗爭中長大，練就了一身處變不驚的好功夫，不畏懼恐嚇。

現在雙方都找到代理國來試試新武器的戰場，坦尚尼亞的航母艦上八架戰鬥機一架又一架連續起飛轟炸停泊在高雄港內的台灣航母艦，而台灣的航母艦以先進的美製電磁炮及鐳射新武器高空射擊把坦尚尼亞的戰鬥機一架又一架地擊落海底，可是激烈戰鬥中，台灣航空母艦也被炸沈海裡。停在高雄岡山空軍基地的五架戰鬥機也飛上天空去摧毀了正在逃離戰場的坦尚尼亞航母艦，將之打沈入海底。

世界有史以來的國與國的戰爭皆是鄰國紛爭，誰會想到位於東亞洲的台灣與位於遙遠非洲的坦尚尼亞也會發生遠距戰爭嗎？背後供給武器的竟是美國和中共。

　　前面那兩國家，一個在東亞，另一個在東非，皆是臨海國家，海軍雖強盛但是戰線補給鞭長莫及。這場戰爭註定要在海洋做為主要戰場，不會像第二次世界大戰那樣，有諾曼地登陸戰發生轟轟烈烈死傷慘重的戰事，人民較富裕了，教育程度提高了，人民對生命自然較珍惜，政府不容易欺騙人民，也不容易控制高知識水準的人民。所以戰爭都局限在死傷較小的海洋戰艦上的空戰。中共和美國在海軍武器的實力相差不多，所以分不出高低。在印度洋上也發生了好幾次的空戰與海上作戰。因分不出勝負，彼此似乎僵持不下就開始動用先進的武器粒子束（**Particle-beam-weapon**），這種新式武器在軍中稱為鐳射束武器，也稱太空武器。它是由粒子加速器在電磁場把粒子束加速到光速後再發射出去，碰撞目標物產生

———

高溫將目標材料熔化毀壞，這是非常先進的新式
武器。傳統的飛彈爆炸的成本昂貴，比粒子束武
器貴十倍以上。

　　第二次由中共製造並提供給坦尚尼亞海軍操
控的航母艦。在印度洋上，遭遇由台灣海軍操作
的飛機偵察到，立刻以無線電訊給台灣操控的台
製航空母艦，立刻由距離 100 公里外的台灣製
造的台灣航母艦，向敵艦發射導向鐳射束武器，
在不到十秒鐘內擊中坦尚尼亞航母艦，發出攝氏
2000 度高溫，不到 30 分鐘航母艦的鋼船殼熔解沈
入海底。台美在此戰役是全勝方，完全歸功於鐳
射束武器，也因此埋下後面的尖端科技的太空戰
爭。

　　坦尚尼亞以前和鄰國烏干達及肯亞的戰爭，
大部份都局限於坦克車陸戰及戰鬥機空戰，這次

與台灣之戰爭巨大，如大國之間的戰爭規模，使用先進而且是高科技的武器，有些喪膽了。但是背後有中共撐腰，又壯膽起來。

中共處心積慮想和美國的太空武器較量，這次好似武俠小說裡所述，是千載難逢的練武機會。於是提供太空武器及在中共嚴格訓練過的操作員給坦尚尼亞，太空武器包羅萬象，有鐳射武器，利用其產生的光速高溫摧毀敵人的太空武器。有粒子束武器，還有一類稱量子兵器，是眾多太空武器中尖端的新進武器。量子武器以往是科幻小說的精彩部份，曾幾何時卻變成真實殺人不見滴血，卻破壞加上萬倍的武器。低太空的空氣稀薄，傳播媒介不足，傳統爆炸武器的功力使不上力量，那麼重力強波的量子威力就可粉碎低太空中的目標，它是利用量子力學的原理形成的太空武器，

———

就在此戰役中顯現。

　　於是坦尚尼亞使用了中共的太空武器，將太空中的美國製造的台灣衛星用二天時間全部摧毀，而台灣也使用美國製的太空武器同時給於坦尚尼亞反擊，只使用一天就消滅太空中所有中共製造的坦尚尼亞的衛星。美國所製造並提供給台灣的衛星比較多，這是人人公認的，所以需要用二天才能消滅完全。美國本身的衛星仍正常運轉不受影響。因為這是台坦戰爭而不是中美戰爭。

　　坦尚尼亞實在已沒能再撐下去了，暗中派遣密使向台灣求和。台灣方面也覺得為了腰果樹而引起的爭端，更引起世界兩大勢力的代理戰爭，不能再拖延下去，就此雙方協議收兵結束了這場鬧劇戰爭。

　　由於腰果樹引起的代理戰爭不分勝負就短期

內結束，中共要求美國賠賞中共的損失，美國不肯，引出更大的外層底太空戰爭。這個戰爭從陸、海、空到外層空間，有個現象，耗資巨大無比，人數傷亡有限。

邁進聯合國

台灣關係法是一美國國內法。任何國家侵犯此法如同對美國宣戰，總共 18 條條文，真是政治味濃，外交詞令模糊。台灣關係法字字句句，精心設計，瞞過了台灣政治人物及人民，但是中共卻是明瞭透頂。台灣關係法是可以這樣說：「就像西遊記裡，唐僧使用緊箍咒控制孫悟空，美國也使用類似的工具來控制中共，一點都不讓它實質對台灣作侵略。這工具就是台灣關係法。」此

———

法很複雜，但是可以濃縮成下列美國對台灣的保
護傘，簡化為易懂的三條款如下：

1. 對台灣經濟制裁和禁運被視為對美國在西太平
   洋利益的威脅，美國一定嚴重關切。

2. 美國可銷售防禦武器予台灣。（後來再訂台灣
   保證法更加強為常態。）

3. 美國應抵抗任何國家以武力入侵台灣。

　　台灣政客告訴人民，是台灣的自由民主制度
使中共不敢輕舉妄動，因為全世界的民主國家都
是台灣的靠山。中共不敢也無能對台灣經濟制裁
或禁運，就是台灣關係法簡化三條款的第一條款
的保護作用。

　　美國不離不棄地暗中保護著台灣，使它幾十年
來無戰事，發展成為舉世羨慕的電子尖端科技龍
頭之一，尤其半導體龍頭都是世界大國，包括美、

日、韓，只有台灣是一小國。沒有美國，台灣早就淪滔為中共獨裁政體下被併吞的不自由、不民主的地區了。而台灣關係法的重點簡化三條款保護傘的第三條款，在這種條款下，中共絕對不敢侵犯台灣。一但中共的航母艦繞台灣，美國立即奉陪，不是在挑戰，而是在履行台灣關係法。

中共一直以九二共識、一國兩制，來統戰迷惑台灣人民，且極欲將台灣香港化，激怒了美國，逼迫美國總統出招派出一位黃白種混血兒的「神祕大使人物」來台灣，向台灣總統獻計，欲將台灣「波多黎各化」，使台灣早日解套，而名正言順地存活在這國際大組織內。

如果真的「波多黎各化」，將是台灣人民（包含中共地區移住台灣的所有同祖宗的華人）三代祖先的餘德造就的，是否台灣人將會從此過著幸

Chapter 5
腰果樹戰爭

———

福生活？但「波多黎格化」是台灣邁進聯合國的跳板，這是台灣人民很長的可歌可泣的血淚奮鬥史。

　　台灣人或許對「波多黎各」這名詞不太熟悉。它不是一個國家，是 19 世紀末美國西班牙戰爭，西班牙戰敗割讓給美國的，大家比較熟悉的鄰國菲律賓，也在同一戰役後廉價賣給美國的。波多黎各是一海洋小島，位於美國佛羅里達州之外海，島上居民是白種人、印地安人、黑人的混血兒，膚色很像台灣人。聽說有一位台灣背包旅行年輕人在首都聖胡生市的街道行走到處參觀，街上一群波多黎各男女青年問他從那裡來的人時，他說：「台灣。」他們都在笑，於是這位背包族的台灣人用英語反問他們：「那你們是波多黎各人嗎？」他們都回答：「我們也是台灣人。」

背包客嚇住了倒退二步後，心內滿是疑惑地問：「你們怎麼會是台灣人？」

其中一位長者說：「波多黎各人的政治地位是美國境外領土上擁有美國籍的人民，但是無選舉美國總統的投票權，除非移民到美國本土，因為波多黎各不是美國的一州。所以就像台灣人一樣啦！」

背包客問：「那麼，你們擁有美國籍，為何不移民到美國享福？」

那位長者說：「移民到美國的波多黎各人常遭美國白人歧視而回流波多黎各後，就主張獨立。」

背包客：「如果經過公投表決的話，美國應該會讓波多黎各獨立，或成立為美國第51州吧！」

長者說：「年輕人呀！美國人不是你想像那麼單純的，共和黨的人認為我們多數的人屬於低層

勞動階級者，如果進入美國第 51 州的話，會投票給民主黨，使得民主黨多出二位參議員和至少多出一位眾議員，所以，一直以來民主黨歡迎而共和黨反對波多黎各加入美國第 51 州。重要法案須要參眾議院都同意才能通過立法程式。年輕人呀！我們的命運和你們台灣人的命運相似，都是世界的孤兒，不能加入聯合國。不同的是波多黎各有美國保護著而台灣卻是被大國中共欺壓著。」

　　背包者聽了這席話，頓覺心煩意亂，眼前迷濛，遠方漫步走來一位波多黎各妙齡女郎，姿態美若天使，她問：「聽說你從台灣來？我們的政府和美國聯邦政府鼓勵我們學講中文，因為政府設有很多誘人條件，吸引台灣電子公司來這裡投資，我們將做有技術的高薪工作。電子產品無關稅進入美國港口，因為算是國內進口。」

　　講起台灣和波多黎各兩地緣份的來源，將會引領跨世紀的回憶。依據美國中央情報局（簡稱 **CIA**）的檔案，台灣定位如此：

1. 台灣在二次大戰後期由美國麥克阿塞將軍接受日本投降後交給中華民國軍事佔領，沒承認台灣領土是中華民國一部份。

2. 中華人民共和國只佔領中國大陸，美國「一中」就是不含台灣的中國大陸。故台灣不屬於中華人民共和國。

3. 美國只是戰後軍事佔領台灣，對台灣無領土主權。

4. 台灣也不是主權獨立國家。

5. 台灣領土一直未決。將來必須在聯合國裡面解決。

　　不久，台灣和波多黎各在美國支持下舉辦公

———

投並同意獨立成立為邦聯國，國名叫「波多黎各邦聯共和國」。其國土包括台灣及波多黎各兩地。

台灣名字是東波多黎各邦，而靠近美國的部份是西波多黎各邦，這制度就如前蘇俄邦聯，也如現今的歐盟邦聯，其缺點是結構鬆散容易崩裂。

台灣以波多黎各邦聯之國名，申請聯合國大會會員國通過，昂首挺胸闊步邁進聯合國，中共無法可施，終於不得不同意。美國即刻立法將台灣關係法更改為「東波多黎各邦關係法」，其文中所提「台灣」皆更名為「東波多黎各邦」。

但中共仍不甘心，控制民意醞釀仇美意識，極力遷怒美國的牽線使波多黎各（一部份是前台灣）進入聯合國，於是衝動地高舉其民族主義大旗，大肆鼓動侵台拉回主權的聲浪。對台灣瘋狂地發動戰爭。美國總統無權力自動對外國宣戰，必須

要國會授權。

如今中共攻擊的不是台灣了，而是「東波多黎格邦」，就是侵犯了上述的台灣（或簡稱東邦）關係法第三條款，等於對美國宣戰。東邦關係法也是美國國內法，美國國會在忍無可忍的狀況下授權總統對中共迎戰。於是長達一年的中美尖端科技大戰就此展開。

一年的中美戰爭，雙方紛紛以科技毀滅大戰，互相攻擊把中共打回毛澤東年代的貧窮生活，美國也退到十年前的生活，台灣也全國備戰，移入防禦各項破壞攻擊。在兩大軍事強國的煙灰砲影中，求得夾縫中的存活。中共使用自製的 **SC-19** 型反衛星導彈將美國外太空和內太空軌道上的三百顆人造衛星擊成碎片，破壞美國通訊系統。

美國也不示弱，以 **X-37B** 無人太空飛機將中

共的 **200** 顆人造衛星一個又一個拖離衛星軌道，
丟在太空中自生自滅。中共需犧牲至少 **300** 個的
反衛星導彈才能破壞 **300** 個的人造衛星，一個反
衛星導彈成本至少一億美元，而美國的無人太空
飛機可收回再使用，所以這場人造衛星掃除戰爭，
誰站上風，誰的科技較尖端，一目瞭然。雖然中
共依舊使用邊打邊停，裝腔做勢，美國亦儘量不
傷及無辜鄰國，儘量避免引起毀滅性核爆的世界
大戰。

　　在一年戰爭的時間中，美國智庫團隊科學研
究院發明了反物質，以反物質製造的炸彈暴炸威
力是原子彈的百倍以上，且限定在特定地區。誰
知中共更加肆無忌憚，發動襲島大戰。

　　當中共軍力急欲登陸佔領整個東邦（台灣）
本島時，眼見西太平洋島鏈防術即將破了大缺口，

美國被迫使用最小顆的反物質炸彈投在南京市。巨大悲劇終於發生了，在被夷為平地的近六千平方公里以上，南京市民八百萬人在攝氏 4000 度之下高溫如太陽表面溫度燒到蒸發不見了。美國軍方瞬間發出最後通諜要求中共無條件投降，可是中共獨裁政權不加理會，所以第二天，美國又投下更大的一顆到天津市，當晚一千五百萬市民在高溫下全部燃燒殆盡，第三天中共當局不得不向美國無條件投降。

　　至此，世紀大浩劫之後，美國接管中共戰後的復原工作。想一想，使日本二次大戰後重新站上強國的最大助手是美國，也會幫助新中國的。

　　美國將中共統治下領土 23 個省、5 個自治區、4 個直轄市、2 個特別行政區重新劃分成 35 邦，成立「中國邦聯民主共和國」。在美國託管時期，

———

一方面宣導民主體制的運作，教育普羅大眾對新建立的共和國重建向心力。安撫悲痛失親普羅民眾，重建華人新價值觀，重視人權，民主政治體制必須有監督功能的反對黨，以防獨裁者有機可剩。

與此同時，美國鼓勵東波多黎各邦（前台灣）脫離聯合國和波多黎各邦聯共和國，然後加入中國邦聯共和國成為第 36 邦台灣邦，最後台灣終於和變成善良的中華大家族團聚了。

第六章
傾生之戀

———

生技強國

　　台灣已是世界頂尖的生技醫療強國，醫治癌病更是聞名全球，在漁人島的醫療科技園區，癌病治癒率是全球首屈一指的。美中戰爭之後，台灣邦漁人島在同一地區不遺餘力地發展再生醫療。再生醫療是什麼？就是幹細胞了，剛出生的嬰兒與母親連接的是臍帶，它裡邊有豐富的胚胎幹細胞，但是現在已經更進步了，取出成人幹細胞做原料在體內轉換製造成胚胎幹細胞，這是再生醫學的最尖端領域。

　　而當時沙烏地阿拉伯的國王身體欠安，雙手一直顫抖不停，想往美國去找治療，因國王認為美國是當今世界頂尖的醫療強國。他當然有很多隨從服侍，總共選擇二十人做貼身保鏢。美國不

是省油的燈，經驗告訴他們遇到國際間有牽涉巨大利益的事務，需要先讓中情局（派出間諜埋伏在對方組織中。美國中情局的幹員並非清一色是美國籍，也有間諜是外國人的，此次出任務的間諜是一名沙特國王的長期隨身保鏢。

　　這個美國間諜打聽到國王和他的所有隨員將乘坐國王私人飛機，飛往美國加洲最南端的美麗城市聖地牙哥，那裡有家著名的大醫院，它在再生醫療的領域是有領先的地位。國王私人飛機是中型類的，需要中途加油，所以經過香港時會落地加油。

　　這一位間諜是微胖的中年人，內心是親美的阿拉伯人。因信仰回教，服飾就是穿標準的阿拉伯服裝，包括頭巾、長袍都要抵擋住 50℃的沙漠氣溫。他很聰明，知道國王乘座中型飛機又會經過

香港附近的領空，一定落地加油，於是緊張起來，乃因飛機一旦落地，便是給中國邦聯一個機會遊說國王就在台南漁人島的醫療園區治療。台灣和美國的再生醫療技術，都是排名世界第一的。

於是，這位美國間諜把此狀況報告給美國 **CIF** 主管，美國透過外交單位通知沙特國王，要派空軍專機到沙特載運他們直達美國聖地牙哥市。這架飛機是軍機，而且可以在空中加油，所以不需落地加油，美國在中途派加油軍機，就在空中加油，是怕台灣邦搶走這大商機。美國告訴國王：「治療時間需要至少三個月，私人飛機停在聖地牙哥機場，維護是很麻煩的，所以美國來回雙程都免費用軍機護送。」

美國自認這一塊肥肉吃定了，那中國邦聯有對付的良策嗎？中國邦聯能將空中加油的軍機拉

下來在香港機場加油嗎？中國邦聯的情報中心想
一個妙計，沙特國王乘坐飛機，飛越香港外海領
空的時候，就使出一招，飛機不得不降下落地。

　　再說中國邦聯除台灣邦外，前身被稱為共匪
或中共，是獨裁的共產國家，素有共匪間諜王國
之稱號。它的國號雖然更改了，人民的素質縱使
提升了，道德水準固然飛揚了，年輕一代的思想
已跨過被政客搧動起來的仇恨世界強權心理，他
們已經具備有反省的能力。

　　為何會被列強侵略呢？除了列強的欺凌惡性
外，就是本國政客的腐敗，政客不反省，反而帶
頭欺騙並搧動純潔的人民仇外心理，以避免人民
的革命使政權結構坍塌。

　　雖然毛澤東已亡故，中共也被民主制度取代
了，但是，年老一輩經過紅衛兵的文化革命年代

———

清洗腦袋後所輸入的毒藥般的思想，很難在短時間內全部被清掃乾淨，故這批人還是戀戀不忘當間諜的樂趣。他們被集中訓練成向富有的病患說服不要去美國治療，到台灣台南市漁人島的再生醫療科技園區治療會得到更妥善的醫療照顧。

再說沙特國王的手顫抖的病在阿拉伯世界的高級醫療中心治療一整年，病情一點改善都沒有，病況反而越糟。所以決定到美國治療，並對美國總統發聲：「如果醫治好，願贈 100 億美元私人財產給美國政府。」

沙特國王的病情急轉惡化就決定立即起飛往美國做治療了。經過香港領空時，地面上的中國邦聯情報人員發出電訊給沙特國王在空中飛航的美國軍機，警告他起飛前被人置放一顆炸彈在機上不易察覺處，他乘坐的飛機必須落地做安全檢

察，就這樣他命令駕駛降落在香港機場，飛機裡的貴賓都被請入機場貴賓室。中國邦聯的安檢人員也配合演出，假戲真做，小心翼翼，重覆檢察以示謹慎，當然沒發現炸彈。

本來計劃在日本東京附近海洋的領空上由美國軍機在空中加油，所謂人算不如天算。中國邦聯政府施了一次出神入化的騙術就將沙特國王騙到香港機場的貴賓室，他們已經訓練了一批再生醫療與癌病絕症治療的推鎖員，推銷醫療遊說團就進入貴賓室。

國王對推銷人員說：「我患顫抖病已經超過一年了，在阿拉伯世界裡最好醫院治療一年了，絲毫未見好轉，所以決定赴美就醫。」

遊說員甲說：「我國的癌病治癒率經過世界衛生組識評等排名第一，而再生醫療也是排名 A

———

等級，與美國同列第一名。國王說過如果美國的
醫院能治癒您的病情，國王會捐私人財產 100 億
美元給美國政府。這是真的嗎？」

國王回答：「是千真萬確的。」

遊說員乙說：「我國的漁人島醫療科學園區環
境優美，有海灘，每天可看見夕陽西下的美景。」

國王問：「我聽過貴國的治癌病的祕密藥方
很神奇感人的故事，也聽到貴國的再生醫療技術
是世界尖端的科技與美國並駕齊驅。我擔心醫院
的病房是不是很擁擠？」

遊說員甲說：「我們的貴賓病房是由六星級
大飯店打造成的。國王如果在我國醫治，國王整
個團隊的食宿都由我國免費提供，整棟飯店都只
包給您們住，只要國王的 100 億美元不捐給美國，
改捐給我國政府。」

　　其實臥室裡擁有頂級飯店的豪華裝潢但又幾分像病房，床頭旁邊的點滴架竟然是黃金打造的。

　　遊說員乙說：「今天請國王不要飛往美國，改飛往中國邦聯的台灣邦台南市安平漁人島的醫療科學園區。」遊說員甲接著說：「台南商用的機場就在附近，機場也是軍用，所以飛機保養技術是以軍事的標準程式作業，有專業人員照顧。國王下塌剛才遊說員所說的那家六星級的飯店，它什麼都有，但沒有喝酒的酒吧，這更適合國王的生活習慣。」

　　遊說員甲最後以流利的阿拉伯語說：「一切免費招待。」

　　在兩位遊說員的輪番遊說下，國王終於答應今晚，往台灣邦安平漁人島的六星級醫療飯店住宿。

　　沙特國王飛來中國邦聯的次晨，在漁人島的

森林區，帶著他的親衛隊在散步。國王突然很興
奮地喊：「森林！這是森林！在我們的國度裡鮮
少見到的美景，森林僅佔百分之一的全國領土。」

此時裝在森林裡的廣播聲大響起：「請沙特
國王回病房，醫師團隊要檢查國王身體的狀況。」

於是國王帶領侍從護衛隊急忙奔回醫療飯店
的病房，醫生和護理師團急忙依帕金森氏症候群
檢查程式診察國王身體，約經過四個小時的疹察，
醫師團隊宣佈國王所患的疾病確是帕金森氏病，
需就地開始治療，爭取時間。台灣邦除了癌病治
療舉世聞名之外，再生醫療技術也是美國的最強
競爭者。

醫院院長下來拜訪沙特國王說：「國王的病
情嚴重，台灣邦在再生醫療是與美國不相上下，
請同意為了搶救病情，接受在此聞名國際的醫療

科技園區治癒。」

國王說：「我決定在此醫治，不過，您們是免費供應治療包括食宿醫療費用嗎？」

院長回答：「沒錯，但是國王應把要捐贈美國政府的 100 億美元轉捐贈給我們政府，可以嗎？」

國王：「沒問題，只要醫治好。這比美國條件好，美國條件沒有免醫治費和食宿費用。」

於是他們花了一些時間在做正式簽約的工作。

在各種儀器對全身做測試後，國王進入最後測試腦神經的步驟，因為帕金森氏病原是腦神經病變所引發的不自主性的肢體顫抖。

今日針對國王身體的撿查所得的資料，就是明日給醫師團隊做如何動手術的依據。護理師們把國王的病床推回六級醫療飯店的病房，讓國王充分休息，養精蓄銳以備明日手術。

———

　　隔日一早七點半，護理師團就進入國王臥室，也是國王的病房，請國王自己換上手術衣再躺回病床。護理師們把國王病床推到手術房，國王躺在床上眼睛看著天花板，病床一下子被推向東，一下子又被推向西，有時旋轉。國王專注看著天花板，既然是六星級的飯店，雕刻的藝術創作也是很講究的。國王只覺得腦袋團團轉，終於推進手術房。

　　第一步驟是全身麻醉，麻醉師手腳很俐落，一下子就將注射桶裡滿滿的麻醉藥注射入透明的點滴塑膠罐裡，麻醉藥不是點滴進入血管裡，而是全開地快速進入靜脈血管，不到 30 秒鐘國王就昏睡不省人事了。

　　這手術不是簡單的那種，手術台上擺了消毒過的精密的手術刀、針管等等。醫生們把國王身

軀罷側臥，使頭的左側向上，開始進行手術了。

再生醫學，其實就是幹細胞的延伸醫學，就是嬰兒誕生時臍帶裡的胚胎幹細胞，這些特殊細胞可以轉錄成各種幹細胞譬如肝細胞、腦細胞、腦神經細胞等等。收取胚胎幹細胞時經常會殺死胚胎，這樣以犧牲一命來拯救另一生命，一直以來被認為是不道德的行為，因此這種手術是窒礙難行的。後來台灣邦研究專家不斷地研究改進，終於從成人幹細胞經過繁雜程式轉錄出胚胎幹細胞，這是何等的科學技術的巨大突破。

醫師團隊的主治醫師已開始在國王的左半腦側頭蓋骨鑽細洞，將由再生醫學製造出來的「多巴胺細胞」注入不同區域，使分佈均勻。在半年內多巴胺細胞轉變成多巴胺神經細胞，多巴胺神經細胞不足，才引發手腳肢體的顫抖。左邊腦部

───

的多巴胺神經充足了，就要輪到右半腦側的治療，再經過半年的醫治，國王的健康完全恢復了，手腳都不會顫抖了。

已經一年多了，國王一直居住在漁人島上享受他認為人生最愛的森林散步，他回國後這項享受將不翼而飛了。

隔天在六星級的醫療飯店裡，主人和賓客沙特國王和他的侍從正在舉行送別的晚餐，這時不能食用豬肉，僅供羊肉。

沙特國王回國後立即電滙 100 億美元進入台灣邦銀行履行他的信用允諾，再由台灣邦銀行轉電滙二億美元給漁人島醫療科學園區的財務單位做為醫治沙特國王的醫療費用。

好像喜事辦完了，卻飛來一片大烏雲蓋住台灣邦的上空，美國總統知道大客戶被台灣邦捷足先

登，半路殺出，擄去一塊大肥肉，非常震怒，還罵台灣邦不知圖報還忘恩負義。台灣邦自知理虧，不加以反駁，但是在商場上和美國在再生醫療方面一寸都不讓步。讓前老大哥美國總統氣到腎臟衰敗，也得了帕金森病症。

再生醫療

素卡拉正在漁人島保安醫藥公司擔任總經理職位。突然某天，他在安平住宿裡突然感到胸部疼痛萬分，創劇痛深，有如萬箭穿心。他下意識判斷自己的舊疾心臟病復發，趕快使用身上攜帶的特殊訊息致電王志強求救。之後就昏倒在地不省人事，不久一部救護車奔馳要來載走他至臨近醫院急診。王志強打電話阻檔，隨即約了一位心

———

臟科醫師黃獻誠，駕車急忙奔馳至素卡拉住所，阻止將他送往醫院，因為時間已迫不及待，來不及送往醫院急救，恐怕到達醫院，病人已緩不濟急缺氧歸天了，醫生也回天乏術。

這時代的人類肚皮脂肪內部都儲藏成千上萬不可勝數的「有機奈米車」，和由成人幹細胞轉換成胚胎幹細胞，隨時可以緊急調用。王志強和黃醫師合力把病人從地板抬上床，醫師從他的手提箱取出一個很像筆記本電腦的儀器，打開，從它的螢幕上看到病人肚皮脂肪裡有成群的「奈米車」。醫生手指輸入按鍵一些訊息，奈米車就開始動起來，有次序地載上一個胚胎幹細胞，經由微血管轉入靜脈到達心肌硬塞的凋亡細胞邊卸下，立刻在心臟裡找動脈血管回頭順著充滿氧氣的血液流回肚皮脂肪處再找胚胎幹細胞，不停地運往

心臟。

　　奈米車的輪胎是直徑較粗種類的膳食纖維製成，車輪在血管內壁有摩擦力，跑得快，這樣才覺得是在急救。

　　人類全身的微血管不計其數，不管是動脈或靜脈都是由不勝其數的大小微血管連接起來的。

　　微血管是比頭髮還細十倍以上的管壁，管壁很薄，容易斷裂流出血液染紅眼睛，皮膚有瘀青現象等等。管壁漏洞百出，是讓血液進出自如，也令奈米車自由進出。

　　其中一輛奈米車不慎被充滿二氧化碳倒流回心臟的靜脈血液沖進靜脈支流卡住，往返動彈不得。如果發生在動脈，是危險萬分，因為運送營養成份和氧氣被堵住會令靜脈終端的細胞群凋亡。

　　素卡拉病危，醫生正在急救中，他打了一針

——

「溶血塊針劑」，把心肌梗塞的瘀血塊溶解掉了，血液一通，他就甦醒過來了。不過心肌細胞凋亡，不做急救，可能會有立刻中風，即心肌梗塞的後果。

而那一輛奈米車在肺臟裡的細小靜脈支管被固化油卡住，請病人深呼吸幾下增加靜脈血壓把它推回較粗的靜脈血管，在肺臟裡找通往心臟的靜脈血管不難，終於才完成了任務，把胚胎幹細胞卸下在凋亡的心臟細胞旁邊。胚胎幹細胞很快轉換為心臟細胞，就這樣救了素卡垃的生命。

當初如果被送往醫院，鐵定救不了。西元 2065 年代後「再生醫學及醫療技術」突飛猛進致極端，不需動手術，只要使用體內的有機奈米車搬運胚胎幹細胞到特定地點，就可以使細胞再生而取代受傷細胞。

愛到深處

　　王志強喜食野生小動物如龍蝦、螃蟹、小魚、小蝦，其中大部份人類食用小蝦是人工飼養出來的，是食用即新鮮又有營養的飼料，所以不會出問題。小野生動物所吃的都是腐爛的屍塊，那裡面充滿壞死細胞，而壞死細胞裡邊的 DNA 是分解切斷到最小單位的。人類食用野生龍蝦時，不管活潑亂跳的或是已死亡的，就是食了很多 DNA 最小的核甘酸單位，是組成 DNA 的最小化學單位元。王志強為此患了肺癌之絕症，他的夫人楊怡君也患了肝臟纖維化症，也就是後患無窮的肝臟癌病的前身。

　　王志強和楊怡君這對夫妻是百般恩愛的，但

———

是他們這段婚姻一路走來充滿著坎坷。王志強和楊怡君兩人經常躺在床上聊天，今夜他們的思維沈入回憶過去的七大八小、點點滴滴大小事。

王志強出生在台南市南區鹽埕裡，祖父終生勤奮工作，年輕當農夫，老來當地主把土地分租給農民耕作，祖父以為終生忙碌，晚年終於可以享福了。王志強回憶祖父年輕時自修和念私塾學堂，懂一些漢字，二次大戰期間，為了避開美軍飛機的轟炸，攜帶傢俱，全家祖孫三代遷往台南市區附近虎尾山上居住，那時候的台灣人稱這種避難行為「疏開」，稍為過得去的家庭都忙著疏開以保家人性命安全。

這段期間王志強祖父充當老師、校長兼打鐘的工人，一大群內孫和外孫學中國文字。那時王志強是才七歲的少年。王志強的背景是純粹台灣

大地凝聚出來的台氣少年。後來這種接地氣的人格被一群所謂優秀的外省人稱呼為「台趴子」。王志強的青年時期都待在大學裡一直到畢業,之後的青年時期,他和別人也沒有差別,只是一心想去美國留學。

　　楊怡君在少年期隨父母親從香港移居台灣高雄市任職高雄港、港務局的中層職員,楊怡君就在獨生女的安康家庭長大成亭亭玉立的青春妙齡女青年。香港人一直是自認比較高尚的優秀外省人,有點歧視台灣人,中港大對決之後她父親已認清歧視過的台灣人,站在支持香港人這邊。後來楊怡君考進台南應用大學服裝設計系,就從高雄市移居台南市,住進學校宿舍,她一直被父母親寵愛有加。

　　此時王志強和楊怡君都住在台南市東區,在地

———

球表面的尺度，他們幾乎黏在一起，卻有遙遠如山南海北之距，雖然他們還不相識，卻一直有相同的思維去美國留學。要去留學就必需聽懂英語，最好能說一口簡單而且洋人聽得懂的英語。湊巧的是，他們都想假裝去信摩門教，週日洋人牧師都使用英語或美語講道，他們無心信教卻有心免費學美語。

王志強和楊怡君在週日都會去摩門教堂聽年輕的洋人牧師講道，他們都是知識份子，連基督教的聖經都不相信了，怎麼會相信多妻制的摩門教。楊怡君喜坐前排而王志強愛坐後排，後來楊怡君愈來愈往後幾排坐，王志強往前幾排坐而且互相偷瞄並微笑，沒經過幾個禮拜，他們竟然坐在同一排而且相鄰而坐。

走出教堂，他們相約一起用午餐，用餐後一

起到成大附近的 Uber 店各租了一台滑板，就像電
影《回到未來》懸浮滑板。在成大校園草地上左
腳踏在滑板上而右腳盡力地快速在草地上奔跑，
兩人使用懸浮滑板在賽跑，一下子男生跑在前面，
一下子女生追上去，追到了，兩人就哈哈大笑，
遠觀近瞧兩人像極了初戀中的情侶。

　　王志強還故意靠近楊怡君，想抱她抱不到反
而撞到她，就翻身在草地上滾動，而後志強趕快
用手清除怡君牛仔褲上的碎葉片，怡君便假裝很
生氣的樣子。

　　最近楊怡君鬱鬱寡歡，老是低頭愁眉苦臉。

　　王志強有點不忍地問她：「有心事嗎？」

　　楊怡君回答：「以後我們不能在一起了。」

　　王志強顯得很驚呀，再追問：「為什麼？」

　　楊怡君低頭悶悶不樂地回答：「我父親決定

———

送我去美國留學。」

王志強搶著問：「是那一家大學？」

楊怡君滿懷憧憬、遙視天際說：「是擁有全美國大學第一名的美式足球隊而鼎鼎大名的俄亥俄州立大學的服裝設計系。」

王志強：「有申請到獎學金嗎？」

楊怡君：「文科的學生大部份是要自己交學費，生活費也要自理，而念科學的可以申請美國國家科學基金的獎學金。我父母有一筆儲蓄，本來就是計劃供我留學之用，我是獨生女。」

王志強安慰她說：「我也有申請俄亥俄州立大學的美國國家科學基金的獎學金，說不定通過了，我們不是還可以在一起啦！」

不久她父親發現女兒的男朋友是台灣人之後，就把本來購買到的二張單程船票中的一張退回船

公司，因他看不起台趴子。獲得獎學金時王志強
立刻奔向楊怡君住台南的宿舍要告訴她好消息，
可惜她已回去高雄父母家好幾天了，於是連夜冒
雨快馬加鞭坐高鐵到高雄找楊怡君。但是楊怡君
早二天已乘船去美國了，王志強惆悵地坐高鐵往
回台南住家。

　　王志強在高鐵路上，坐在車箱裡回憶這一個
月來曾一再央求楊怡君也替他講情，購買一張單
行的往美國西岸的船栗。剛開始時楊怡君也歡欣
喜地覺得在船上可以相守一個多月在一起的歡樂
時刻，但她父親發現女兒的男朋友是台灣人之後，
就把票退回，因她的父親很歧視台灣人，一直訓
誠她，不可以交台灣人男朋友。並警告女兒不得
再與台灣男朋友來往。王志強只好坐飛機去美國
留學念醫學系。

——

　　楊怡君乘船比較慢到了洛杉磯，再坐飛機去俄亥俄州，王志強有到機場接機。之後的日子，他們在同校不同系念書，這一段的日子，他們相戀濃情密意，日日深情似海。

　　楊怡君把父親交代之事拋在九霄雲外，後來傳出要結婚了，楊怡君父親從台灣趕來美國阻止這婚姻而不讓他們來往，為時已晚了，因楊怡君已懷孕二個月了，做父親的也只好認了，只是從此不再和女兒來往了。楊怡君不久生下一女兒，名王春曉，這女兒長大後竟然在生理醫學領域打出一片天地，獲得諾貝爾生醫獎，這是台灣接到本地地氣的唯一諾貝爾獎，王春曉對解決非洲餓殍遍野的災難做出重大的貢獻。

　　他們畢業後就帶女兒王春曉一家三人一起回台灣定居，不久王志強發現自己患得第一期肺癌，

楊怡君得肝硬化。他們雖然都患上絕症卻一直如影隨形，兩情相悅，深情似海。

肝臟移植

王志強患肺癌卻罕見地快速痊癒，當然要歸功於印度草藥醫生素卡拉的功勞。但是，精製的「滅癌 1 號」也是功不可沒。它源自非洲赤道經過的地熱國家坦尚尼亞與肯亞的百年樹齡的腰果殼油。

王志強的重病雖然痊癒了，看不出他有心情開朗過，更從不曾瞧見他有眉開眼笑過，和友人相聚也是沉默寡言。原來他的愛妻楊怡君的肝硬化一點都沒好轉，並有惡化的跡象，她很多的時間感到疲倦，於是躺在床上的時間愈來愈長。她一年以來都由台南市立醫院腫瘤科主任黃獻誠醫

———

師和腫瘤科何深美醫師共診，最近她的腹部有積水的現象，王志強本來是學醫的，已開始感到病魔的接近與威脅。王志強和楊怡君商量變更主治醫師，更改至國立成功大學附屬醫院腫瘤科莊川平主任醫師診治。經過幾次回診，莊醫師認為服藥對楊怡君已失效了，必需朝換肝方向來思維。

有一次，楊怡君到成大醫院回診看莊醫師時，莊醫師請王志強到隔壁密室，語重心沉地說：「依據健保的資訊，台灣目前等待換肝的病人至少 200 位以上，需要等待五年以上才能獲得他人捐贈的死體活肝，用來移植到貴夫人，但是夫人恐怕只剩兩年壽命。」

王志強聽完後心酸悲痛欲絕，面向莊醫師低聲問：「接下來我們要這麼做？」

莊醫師回答：「一般都由親人捐肝移植救活

她。」

王志強緊張地繼續問：「親人是指家人嗎？」

莊醫師：「是的，您們有兒女嗎？」

王志強：「只有一位女兒。」

莊醫師：「她幾歲？」

王志強：「15歲。」

莊醫師：「太年輕，不可以捐肝，夫人有兄弟姊妹嗎？」

王志強：「她家人是香港人，反對下嫁給我這個台趴子，她和我結婚後就與家人斷絕來往。這點我一直感覺很虧欠她。央求她回家人的懷抱，她說這樣她就會終生不嫁。所以結婚後我特別愛惜她。」

莊醫師：「唯一可以捐肝者是你，你或者回家考慮。」

———

王志強：「不需要長久考慮了，現在就決定由我做丈夫來捐肝了。」

莊醫師：「明白了，那請夫人盡快辦理住院手續，王先生也要入院做一系列身體健康檢查。」

經過約一個月的密集健康檢查後，莊醫生告訴王志強：「您的身體健康檢查結果只有一項不附合移植肝臟給他人的條件，您有嚴重脂肪肝，不適合移植。」

晴天霹靂，這個消息使王志強差一點昏倒，馬上向莊醫師問：「怎麼辦？」

「沒關係。」莊醫師向王志強鼓勵性地說：「只要您勤運動消除您肝臟的脂肪，就可以移植您的部份肝臟至王太太的身上。」

王志強擁有一家貿易公司，在台北市的 101 大樓，這家公司一直由他的弟弟營業，位於大樓

中段高度的位置，所以每天都走階梯上下樓一次的運動量。三個月過去了，他終於把身上的肝臟脂肪全部消除掉了。

在莊醫師的嚴格檢查下，王志強的肝臟可以移植三分之二部份到楊怡君身土。於是安排一個適當的日子動手術了，王志強和楊怡君各自躺在病床上被護理師同時推進手術房，一位是捐肝，另一位是接受肝臟者。

奈米車

阿雄現在已然是漁人島再生醫療科學園區的董事長，他計劃擴張再生醫療到最尖端的領域，尖頂的程度到達諾貝爾化學和生醫獎得主還未能完成的實用階段。阿雄認為該獎得主經常僅完成

———

理論基礎部份，而未能達到實用階段的部份，所以指示素卡拉完成實用階段這偉大的使命。於是投下巨資購買精密的實驗設備，指定素卡拉進行此任務，素卡拉也欣然接受這個挑戰。

剛成立的漁人島諾貝爾生醫實驗室成員有主任素卡拉，印度轉來的助理卡皮爾（**Kapil**）和華倫（**Varun**），台灣新進入公司的資深化學家柯化哲及郭在台。首先針對 **2016** 年諾貝爾化學獎，在人體內建構奈米尺寸的機器人及奈米車，它只進行到完整理論基礎，並未做到實質商業應用的階段。想不到阿雄的這顆雄心，竟然將再生醫學推向人類壽命可延長至 **200** 歲，而且健康如 **100** 歲。

2016 年諾貝爾化學獎得主是索瓦、斯托達和費林加三位化學家。這是表揚他們發明瞭比毛髮還細小千倍的奈米尺寸的零件，是由人體內的有

機組織成份當原材料，組合出來的分子機器零件。平時儲存在人體裡邊，需要時，可以隨地找出來，製造合成各種有用的奈米機器，譬如人體內的奈米車、人體內的奈米機器人。在五十年前，人類認為這是困難重重的尖端科技，在西元 2075 年代，進步的醫療技術「再生醫學」利用有機奈米車在體內搬運病人自身體內的胚胎幹細胞搶救因心肌梗塞垂死的病患。如使用傳統醫療方法，病人早就已斷氣了。

在進入說明奈米車之前，先瞭解一下如何完成連萬能的神都不會做的化學結構的合成。一如圖 6-1 的化學反應，看似簡單的化學結構，要化學合成卻是難上加難。這是 2016 年諾貝爾化學獎得主之一索瓦首先發明的，他利用銅離子將兩個半圓形的分子吸引到環型分子如圖 6 中標示 1 及 2 的

———

　　圖形，然後起反學反應將兩個半圓形首尾連接起來形成一個圓形和原先的環型分子緊連成環鎖圈。

　　觀察圖 **6-1** 的合成步驟，從第一步經第二及第三步到第四步合成完成，清楚看見雙環連扣起來不分離了。很多機器的建構就從這簡單的宏觀組合製造出來的，但在微觀的世界如化學分子的合成就是一項偉大的發明，索瓦是在向上帝挑戰，而且挑戰成功了。

　　2016 年諾貝爾化學獎得主索瓦已經提供了如圖 **6-2** 所示的人類身體內的最簡單的奈米工具。這次的諾貝爾化學獎，爭議性很大，它不像傳統的化學，似乎說屬於機械領域好像亦可，但稱為車，就不是化學了。可惜諾貝爾獎不包括機械獎，只是剛好食、衣、住、行都脫離不開化學，所以就歸類為化學獎。誰然外表稱它為機器，也是由化

學分子組成的。諾貝爾本人是發明工業用炸藥的化學家，後輩審查人員如遇到一個該年度偉大的發明，但不知歸類時，就歸為化學獎，讓人感到不務正業的化學家才有機會獲得諾貝爾化學獎，好比著名的居禮夫人所發明的 X- 射線，似乎不像化學，卻也歸屬於化學獎。她也在別的領域獲得物理獎。很多近期的諾貝爾化學獎被分子生物學家領走，當然，分子生物學一直是熱門研究領域，大部份還是屬於生醫獎、這是與健康、壽命有關聯的研究領域。

　　圖 6-2 之後的圖片是延伸諾貝爾獎得主發明奈米車到應用範圍，將膳食纖維裝在奈米車的車輪當作車輪胎，因為體內到處都有膳食纖維。為什麼要裝膳食纖維？因為纖維可增加與血管內壁的摩擦力，奈米車在血管裡前進比較容易。

———

　　奈米三輪車從病人肚皮脂肪裡找出胚胎幹細胞，利用已死亡的 **DNA** 片斷當繩子，用它的鹼基氫鍵當紐扣，把它固定在奈米三輪車主軸上如圖 **6-4** 所示。長途跋涉，千辛萬苦運送到心臟，卸下胚胎幹細胞，放在因心肌梗塞而受傷的心肌細胞旁邊，壞死的心肌阻塞冠狀動脈的血流。

　　胚胎幹細胞的功能是可以很快轉換成別種細胞，這次要胚胎幹細胞轉換成心肌細胞，在靈魂（酶）指揮下取代已受傷的細胞。脂肪裡胚胎幹細胞一旦接近病態的細胞，在靈魂（酶）的掌控下，幹細胞就開始分裂仿製垂死心肌細胞，取而代之。那位病人不需服藥，也沒有動手術就能在幾天後恢復健康了。因心肌梗塞而凋亡的細胞無數個，雖然奈米車也是無數的，還是比不上凋亡的細胞數量多，所以一群奈米車會疲於奔命，從

病人肚皮脂肪裡找出胚胎幹細胞趕快運送到心肌梗塞處。

2014 年諾貝爾生理或醫學獎得主是挪威，美國和英國的三位科學家發現這個重要的細胞靈魂（酶），人類大腦方向感就是這個細胞（酶）靈魂所控。將細胞（酶）靈魂裝在人體內奈米車上當導航系統，就不會在複雜的人體組織內迷路。

2017 年諾貝爾生醫獎得主是三位美國生物科學家，生醫獎是為了表揚他們發現了有些細胞在體內控制晝夜節律的對人類貢獻，它是細胞（酶）靈魂。將他也裝在奈米車上，讓這輛車有如生物，知所進退休息。

2004 年諾貝爾化學獎得主落入席嘉諾佛等三位研究細胞的化學生物學家。他們發現有些健康的細胞會吞噬軟弱的細胞，用以消除害群的病弱

———

細胞，這是朝延年益壽之路邁進一大步。人類身
體內的細胞可合成幾百萬種的蛋白質，有的很短，
有的卻很長，它們構造類似 DNA 或 RNA，短的
蛋白質，是無用途的，但對身體有傷害。健康的
細胞酵素靈魂可以查覺出來，立刻指揮健康細胞
吞噬弱小無用的蛋白質，為健康長壽之路鋪路。

長生不老

　　善待細胞，可延年益壽。這是獲得 2009 年諾
貝爾生醫學獎得主布萊克本等三位美國科學家所
發現的；他們經過了漫長歲月的研究，發現每當
細胞分裂一次，細胞核裡染色體 DNA 也照樣分裂
了一次，這是普遍的知識，但他們神祕地發現：
DNA 尖端即 DNA 的頭部（科學正式名稱：端粒

Telomere）就脫落縮短了一節，這是天大的發現，它天生只有約莫 50 來節，所以只能提供分裂 50 來次後，黏住 DNA 雙股的頭就消失不見了，DNA 雙股就散開了。

此時監管細胞生命的靈魂酵素就出現在現場並命令該細胞邁向凋亡之路，也就是壽終正寢。細胞壽命如短促，人類壽命也跟著縮短。雖然縮小，如果能及時再把它補回來，DNA 的頭就沒有斷掉，細胞核裡的染色體都保留完整，細胞就免死地生存下來，人就可延年益壽了。身體裡的靈魂酵素（酶）有很多種類，能促進延年益壽的是靈魂酵素 1 號（酶 1 號）。

要使 DNA 的頭部（端粒）延長的方法，是未來諾貝爾生醫獎的啟蒙研究，目前作者僅能利用硬科幻的手段來達成，讓後代科學家做努力的

———

方向，貢獻人類的崇高目標前進。靈魂酵素 1 號
在身體內的幹細胞核內部製造構造最簡單的特殊
RNA、再把 RNA 推出細胞核外但還在細胞質內，
此 RNA 複製一微小片蛋白組織，它還要靠身體裡
合成的有機分子奈米車，身體內怎麼組成奈米車？
這牽連到最近才發明的尖端科技。奈米車在體內
千辛萬苦地搬到受傷的 DNA 頭部（細胞剛分裂而
受傷的端粒），黏上去補充剛因細胞分裂時斷裂
的一小片，臨死的細胞才免於凋亡。

　　將酵素 1 號特製的蛋白質小節，用奈米車運到
現場補修剛分裂的 DNA 尖端（端粒）。因 DNA
分裂而失去的小節，立刻被補上，由酵素 1 號製造
的一小節特殊蛋白質，DNA 端粒就不會縮短，細
胞壽命延長，人就延年益壽了。不要供應超過一
節，奈米分子機器一次只攜帶一小節特製的蛋白

圖 6-1. 索瓦創新發明了雙環相扣化學合成步驟

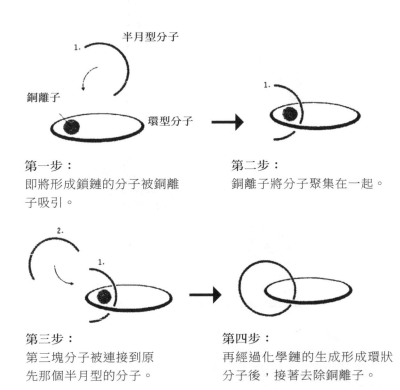

半月型分子

1.

銅離子

環型分子

1.

第一步：
即將形成鎖鏈的分子被銅離子吸引。

第二步：
銅離子將分子聚集在一起。

2.

1.

第三步：
第三塊分子被連接到原先那個半月型的分子。

第四步：
再經過化學鏈的生成形成環狀分子後，接著去除銅離子。

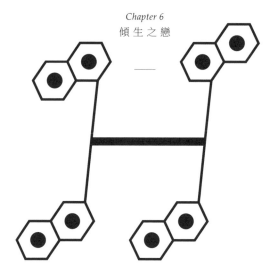

圖 **6-2.** 最簡單的奈米車

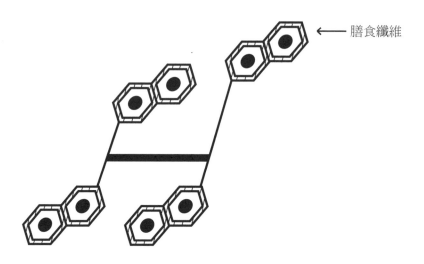

←—— 膳食纖維

圖 **6-3.** 裝入膳食纖維輪胎

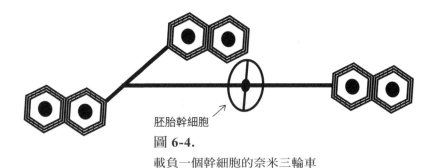

胚胎幹細胞

圖 6-4.

載負一個幹細胞的奈米三輪車

質，失去一節就只能修補一節，否則細胞分裂次
數增加太多就變成癌細胞了。為何那一小節的特
殊蛋白質能夠牢牢訂在染色體 DNA 尖端上，DNA
尖端的鹼基可與小節蛋白質起氫健反應而連接。
現在要依靠未來的科學發展，只要能夠將 DNA 的
端粒頭延長到可以從目前的 50 段次分裂到 100 段
次，人類平均壽命就能自 100 歲延長至 200 歲了。
這是人類可期待的未來。

———

一躍而下的愛

　　王志強和楊怡君便在這些生技醫療的基礎下，雙雙躺在病床上，準備接受移植，同時被推入成大醫院的手術室。經過了連續八小時危險的肝臟移植手術，兩人先後被推出手術房。記得他們被推進手術房時，天空是明亮的早晨，現在病床被推出來時，窗外已是昏暗的夜空。手術室的醫生團隊中的助手在手術房外門口喊著：「王志強的親屬注意，請跟隨王志強和楊怡君的病床往病房走。」

　　王春曉一直守在手術房外的親屬等待區，今天是她生命中最難熬的一天。莊醫師曾警告她：「雖然肝臟移植是很進步的手術，但是風險還是蠻高，妳要有心理建設，可能變成孤女。」

　　當王春曉聽到：「王志強的親屬注意……」含在她眼睛裡的淚珠終於滾落下來。乃因今天沒用午餐的她，坐著午睡時卻夢見雙親在手術床上死亡。

　　王春曉，這位女孩子長大後變成為台灣無人不知，無人不曉的國際知名生物化學家。王春曉的母親希望她能繼續經營婚紗事業，但這不是她的興趣，她後來去美國留學生物化學博士學位。她現在心想：「父母都活下來了，她們一定要繼續活下去。」此時瞧見她的臉龐終於顯露出燦爛的笑容。

　　其實現代的移植手術已經進展到應用「再生醫療」技術年代了，台灣在這領域是世界執牛耳頂尖的國度，失敗的機率很低，幾乎是零。

　　他們住院二個月後走出成大醫院，平安回家。

———

一家三人開始過著健康的生活，也定時回成大醫院做回診。王志強和楊怡君夫妻更是經常來到成大校園的草地做他們一直喜愛的磁板滑奔的運動，他們正在盡情地享受人間的男女恩愛工場的生活。

有一次他們一起散步到超市買物品和食品的路中，手牽手的慢步行走，有一對沒牽手的男女擦肩而過，男的對女說：「是初戀的男女朋友！」

女的對男生說：「不像初戀吧！有點年齡了，是專心相愛而沒注意到世界的眼光。」

王志強夫妻都聽到路人的對話，於是停上散步，王志強對著楊怡君大聲說，好讓擦身而過的男女朋友也聽得到：「讓時光一起伴著走到我們的人生盡頭。」楊怡君立刻也回答：「讓我牽著你走下去直到我們的那端。」擦肩而過的男女朋友隨著微笑並點頭投以羨慕的眼神。

　　王志強雖然是學醫的，卻對繪畫情有獨鍾。他在國立台南應用大學藝術系教學生，講解畢卡索的立體印象派的畫風，自己卻專心創作一種新畫風，那是一幅名為「火星上的萬里長城」的畫。

　　地球表面流動的大氣成份和密度都是很均勻的，陽光進入空氣層後，在大氣的折射率很穩定，作者說這些做什麼？折射率穩定才讓我們觀看物體的顏色和顏色的深度也穩定，才不會使同一件物體的顏色變來變去，而若在火星上看天空，會是怎麼樣的呢？中午天上顏色明明是藍色的，傍晚太陽周邊的顏色變成粉紅色。為什麼這樣子呢？因為火星表面的大氣稀薄又常有風暴塵，大氣密度隨時間改變，物體顏色就改變了。

　　王志強正在進行繪畫世界第一幅幻想的「火星上的萬里長城」這裡的萬里長城的顏色一直千

———

變萬化，怎麼畫呢？ 這幅畫完成後將轟動繪畫世界。

　　楊怡君一直在服裝設計領域奮鬥，今年世界每二年舉辦一次的婚紗服裝展就在國立台灣文學館舉行（原台南州廳）。她和學生們一直忙著準備這次展覽。

　　自從肝臟移植後，王志強和楊怡君的日子過得很快樂，很快二年過去了。

　　有一天，王志強的意識感覺到最近體力減弱常覺疲倦不堪，於是拜訪了成大醫院的莊醫師。

　　王志強：「莊醫師，最近我沒做什麼激烈運動卻老是覺得疲倦。」

　　莊醫師：「明天，你住院一天一夜做全身健康檢查。」

　　一週後，王志強回診，莊醫師對他說：「你

鎮定點；二年前你的肝臟一部份移植給您夫人，手術後一年內您都有定期回診，新肝臟也長回來了，但現在發現您患有嚴重肝硬化現象，恐怕需要移植夫人的肝臟回來還您才能救您。下次回診，帶您夫人一起回診。」

王志強回家後一直望著妻子楊怡君的臉龐，好像要把一生看她的時光，在這一次就把它全部用光。

楊怡君注意到了，說：「為什麼這樣看我？」

我一直要對妳說：「妳愛我比愛妳的家人更甚。」

楊怡君做了無言的點頭和微笑。王志強忍不住衝向楊怡君抱她、吻她的臉、嘴唇，然後說：「愛妳讓我感覺幸福。能愛妳而失去全世界也甘願。」

於是，王志強把白天去醫院見了莊醫師的經

———

過講出來，楊怡君一聽完便昏倒在沙發椅上。王志強搖醒她，二人擁抱緊緊地無言流淚相望。

隔天一大早，王志強開車載著楊怡君一起去拜訪莊醫師。

莊醫師：「你們再考慮一陣子，這是楊怡君第二次肝臟移植，成功機率比第一次降低。」

楊怡君：「再低也要做，不然有別的方法嗎？」

莊醫師：「考慮周全，確定了，我預留下週一讓你們住院，下週三做移植手術。」

王志強送楊怡君回家後，突然說他想去一〇一大樓公司瞧一瞧，看一下他的弟弟，並要楊怡君待在家，不必等他了。

楊怡君：「早點回家喔！我還是有準備你最愛的生魚片。」

但王志強他吃不到了，幾個小時後，他從

一○一大樓跳下，這是他的勇氣，他為了楊怡君，不忍讓她冒險移植肝臟，故而犧牲自己的生命，一躍而下的勇氣，一躍而下的愛。

記得王志強是一位創新畫家，他剛完成了一幅新畫名為「火星上的萬里長城」，現在台北市藝術館拍賣中，已經出價到新台幣三百萬元。電視新聞節目主播正播出「知名畫家王志強從一○一大樓跳樓自殺身亡」，該畫出價立即躍升為三千萬元再跳到一億元得標。

該畫成為王志強終身唯一的一幅「火星畫派」的作品。

———

DNA 的誕生

　　發現雙螺旋形狀的 **DNA** 是件分子生物化學的里程碑，它們隱藏著遺傳基因，絕大多數儲藏在細胞核裡，也有少數隱藏一些遺傳基因不強的 **DNA** 儲存在細胞核外，但還是在細胞質體中。**DNA** 是很長的形狀，細胞分裂前再和蛋白質纏繞摺疊起來留在細胞核裡的，就稱為染色體，人類存 **23** 對染色體在一個細胞核裡。人類發現這些的功勞比擬抗生素的發明。古人感冒發炎不是小病而是絕症，後來發明了抗生素，把人類平均壽命從六十歲提高到七十歲。再來，發現了 **DNA** 後，人類平均壽命再延長到八十歲以上，所以來研究一下 **DNA** 誕生與成長的過程以便瞭解 **DNA** 的缺陷與癌病的糾纏關係。底下的圖 **7** 是 **DNA** 簡易圖。

　　約 **140** 億年前的大爆炸，宇宙剛形成時，只有產生質量和能量，質量無非是基本粒子如電子、質子等等，而能量如光子（光線）。 質子帶一個正電而電子帶一個負電，然後注入一個光子的能量使電子形成電子雲分佈在質子的周邊，這樣結合在一起形成宇宙第一

圖 7.
DNA 簡易圖

個最輕的氫元素。氫元素為化學週期表中的名稱，而在化學反應時則稱為氫原子。氫原子佈滿了初生宇宙，氫原子就依萬有引力，將靠近的凝聚成上千億的原始星系，譬如銀河星系。多數的星系團以盤子狀螺旋形散開。

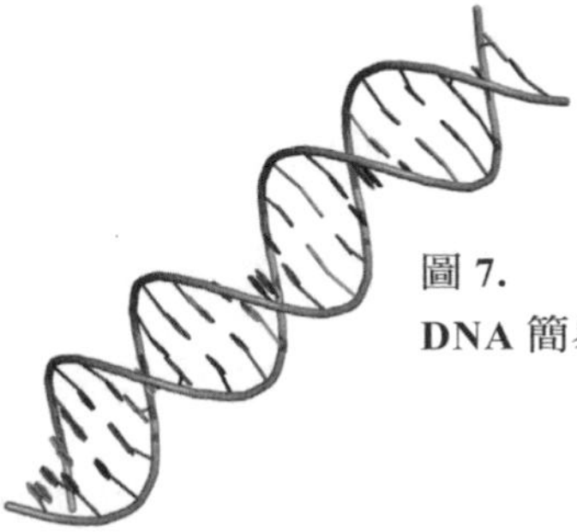

　　初始的星系是充滿氫原子、暗物質、暗能量及些許其他組成，再經歷億萬年時間的流逝後，

後話
淺談 DNA

———

氫原子聚集形成大小不一、上千億的恆星，譬如太陽，散佈在星系裡。恆星就是氫原子融合成較重的氦原子，放出高熱能量並散佈到星系各個角落。

前面提起星系內有億萬的大小不同恆星，為了瞭解，舉實例說明最簡單。銀河星系是適中的宇宙千億星系代表，太陽是不大不小的恆星代表。比太陽大十倍以上的恆星可稱為巨星，天文學稱為超新星（**Supernova**）。超新星質量非常巨大，其巨星引力（即類似地心引力）也是巨大無比，導致巨星殼倒坍下去球心，擠壓力強到氫、氦等輕元素核子融合成更重的元素如碳、氮、氧、硫、鐵、甚至稀有重金屬元素。這種連鎖核子融合至週期表所有列出的元素都誕生，當然包括鈾、鈷、鐳等含有輻射線的元素，可以用來製造原子彈。

　　當在地球內外可以隨意找到氫、碳、氮、氧、硫，這五種元素時，組成DNA的成份元素都到位，DNA就開始演化了。DNA是地球上與地裡的所有生物的，包括細菌的，最基本結構。DNA既然演化出來了，細胞就趁勢堀起，因為細胞核需要含有可以傳宗接代的染色體，而染色體就是由DNA組成的。

　　宇宙年齡約140億年，太陽和地球約45億歲，與地球的生命做比較，DNA崛起還不到一億年，算是近代的故事。一億年前地球上的生物主要有恐龍或類恐龍的巨形生物，但是，六千萬年前全部滅絕，從地球上消失。後來數千萬年後的生物體形小，DNA就是不相同了。要找尋恐龍的完整DNA，困難重重，因為DNA的整個分子是水溶性，經過漫長歲月，遭遇雨水的浸蝕，化石骨髓

———

裡的 **DNA** 都溶解斷了，變成片斷，一一解離，少數留傳下來，但是絕不可能復製恐龍整個 **DNA** 了。所以好萊塢電影《侏羅紀世界》複製的恐龍是不可能的，即使當時的蚊子訂到的血液也保留不到那麼長久的歲月。

DNA 的構造

DNA 的外表看似很複雜的化學結構，其實，是由生物化學體核甘酸（**Nucleotide**）這種單體堆積連接起來，稱為核酸（**Nucleic acid**）的小聚合體，再聚合成更長的 **DNA** 雙螺旋股中的一股。核甘酸是一個鹼基接上一個脫氧糖分子再連接磷酸組合成的。請往後繼續讀就會瞭解〔鹼基〕為何物。本書的精神一方面不可違背科學原理，另一

方面也要簡化到容易瞭解的地步。**DNA** 是由四種各自含有不同鹼基（base）的核甘酸組合的結構，為了忠實於科學，將四種鹼基化學分子式及其簡單代表圖列在化學分子式右邊如下：

　　圖 **7-5** 中的脫氧糖分子是糖分子的氧原子被除去。前面提起過一個核甘酸就包含有一個鹼基，兩個核甘酸就含有雨個鹼基，先由兩個核甘酸的鹼基連接組成一個 **DNA** 的基本單位。這裡要特別聲明，四種鹼基絕對不可以隨便亂連接，只能以圖 **7-1** 腺嘌呤（**A**）連接圖 **7-2** 胸嘧啶（**T**），或圖 **7-3** 胞嘧啶（**C**）接上圖 **7-4** 鳥嘌呤（**G**）。最後成千上萬成對的雙核甘酸為基礎，按照遺傳的鹼基排列次序，由磷酸連接起來成螺旋狀骨架，外表如雙股帶狀包圈住四種類的鹼基，如上圖最右邊的圖像所示。其實還有第五種鹼基稱為尿嘧

———

啶，它是使用在製造蛋白質所需。因為本書注重在 DNA，所以不去強調它，不是它不重要，它是製造 RNA 的重要成份之一，RNA 是由 DNA 複製的一小段，它是製造蛋白質的重要原料。蛋白質對健康的益處一籮筐，隨便提幾個，譬如改良皮膚美觀、抗疾病的免疫力等等，使肌肉強壯是人人皆知的。以後如有機會再另闢書籍描述 RNA 的有趣故事。

請觀察上圖最右邊 DNA 造形，好像一個被扭曲成螺旋狀的梯子。

四種鹼基：1. 腺嘌呤（A）、2. 胸嘧啶（T）、3. 胞嘧啶（C）、4. 鳥嘌呤（G）。

化學名字雖然有些古怪，卻是宇宙極品，它們的存在進化引發出千古流傳下來的遺傳基因。它們絕對不可以隨便亂結合，只有 1 和 2 會連接

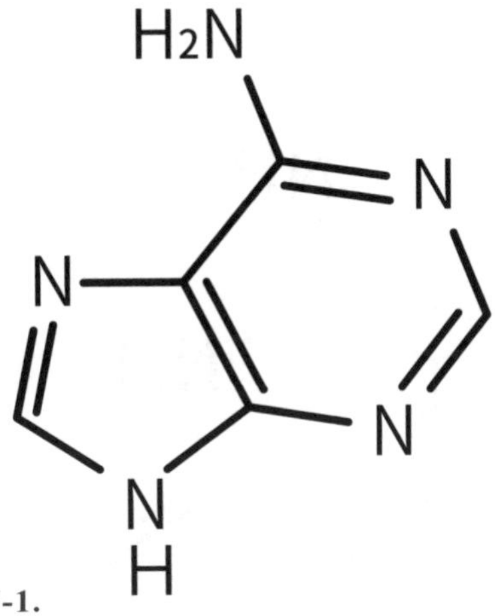

圖 7-1.

腺嘌呤（Adenine，縮寫 A）

圖 7-2.

胸嘧啶（Thymine，縮寫 T）

———

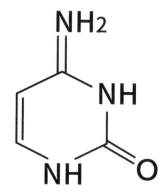

圖 7-3.

胞嘧啶（**Cytosine**，縮寫 **C**）

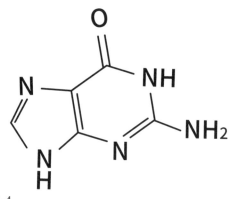

圖 7-4.

鳥嘌呤（**Guanine**，縮寫（**G**）

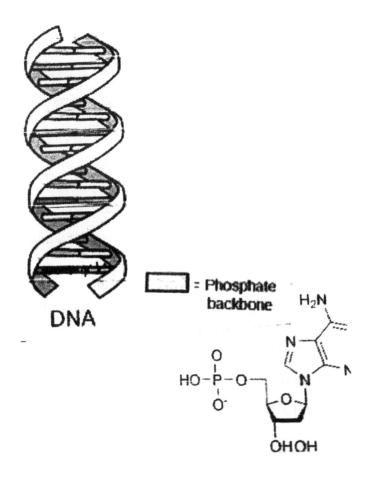

圖 7-5.

核甘酸結構： 鹼基（上面四種中的一種）-（連接到）-

去氧糖分子 -（再接到）- 磷酸

———

起來成長形的梯階，兩端各連接到去氧糖分子及磷酸雙螺旋股，也可以左右兩端互換位置。再說，3 一定和 4 連接成另一種梯階，左端掛到左邊的螺旋股而右端掛到右邊的螺旋股，當然，左右可以互換位置。梯階也只有 1-2 組、2-1 組、3-4 組和 4-3 組，共四種不同組合的梯楷，都是由上列四種鹼基組合成的。

上面四種踏階梯在 DNA 的上下排列次序組合，構成幾億種不同的組合。這就是基因的神妙之處。現在讀者瞭解為何不同人、有各自不同的遺傳基因。犯罪兇手一旦留下一滴血液在現場，被警檢人員取去實驗室做血液 DNA 的基因測試，就很準確地抓到兇手。他賴不掉，因為世界上、中外古今沒有人和他有相同組合順序的基因。科學證據，就是如此精準。

　　基因是 DNA 可被複製，並遺傳給後代的鹼基特殊排列的片段，但是，分佈在一條 DNA 的很多不連續的基因段加起來的長度，佔據整條 DNA 的長度不超過 2%。初期科學家都思考人類的基因數量比動物的基因數量多很多，其實不然，人類的基因不超過三萬個，比低等生物果蠅多出二倍而已。這現像曾讓科學家困惑而且百思不解，後來想起那四種鹼基的順序安排可以產生幾億種的組合，也就是基因的鹼基排列次序內容比較複雜，造就人類更有智慧，而不是基因的數量。

DNA 的突變

　　正常細胞都僅有一個細胞核，而細胞核內有 23 對染色體，而染色體是由 DNA 與極小粒蛋白

———

質組成的。 如果生物死亡，導致細胞壞死，細胞核裡的 **DNA** 就斷裂成很多小片段，可能會分解為最小單位（核甘酸）。

　　喜食野生龍蝦、螃蟹及小魚的王志強夫婦，這些小生物是人人喜食的美味。因為是野生的，可能體內累積超量腐敗 **DNA** 的單體核甘酸。食用後，這些 **DNA** 最小粒子進入身體後，參加新 **DNA** 製造，很可能被植入錯誤的排列順序。如果錯誤的數量大到來不及搶救修補糾正，就形成 **DNA** 突變（**Mutation**），也會導致細胞突變。這就是細胞腫瘤的開始，惡性腫瘤最終目標就是癌細胞。

　　成長中的 **DNA** 會選擇合併比較大的核酸（核甘酸的聚合體），因為核酸體內的鹼基排列次序正確，少擔心排列錯誤。核酸取自健康生物的細

胞凋亡中的 **DNA** 大片段，而不是腐敗屍體細胞壞
死的 **DNA**。這說明瞭人類需要食用新鮮的食材包
括動物、植物和其他可食用材料。

國家圖書館出版品預行編目（CIP）資料

美.中.台之大對決 / 林登科著. -- 初版. -- 新北市：
高談文化, 2020.02
　　面；　公分. -- (What's vision)

ISBN 978-986-98297-2-4(平裝)

863.57　　　　　　　　　　　108021512

高談文化 ｜ 華滋出版 ｜ 拾筆客 ｜ 九韵文化 ｜ 信實文化 ｜
CULTUSPEAK PUBLISHING CO., LTD

追蹤更多書籍分享、活動訊息，請上網搜尋 拾筆客

What's Vision
美・中・台之大對決

作　　者：林登科
裝幀設計：曹雲淇
總 編 輯：許汝紘
編　　輯：孫中文
美術編輯：曹雲淇
總　　監：黃可家
發　　行：許麗雪
出版單位：九韵文化
出版公司：高談文化出版事業有限公司
地　　址：新北市汐止區新台五路一段99號15樓之5
電　　話：+886-2-2697-1391
傳　　真：+886-2-3393-0564
官方網站：www.cultuspeak.com.tw
客服信箱：service@cultuspeak.com
投稿信箱：news@cultuspeak.com

總 經 銷：聯合發行股份有限公司
香港經銷商：香港聯合書刊物流有限公司

2020 年2月初版
定價：新台幣 250 元

會員獨享
最新書籍搶先看 ／ 專屬的預購優惠 ／ 不定期抽獎活動
Search 拾筆客　　www.cultuspeak.com